读故事 看社会

天才捕手计划
STORYHUNTING

口述真实故事文库

陈 拙 主编

白色记事簿

医 院 里 的 秘 密

湖南文艺出版社
HUNAN LITERATURE AND ART PUBLISHING HOUSE

博集天卷
CS-BOOKY

每一场手术的背后都有主刀医生不可控的风险。

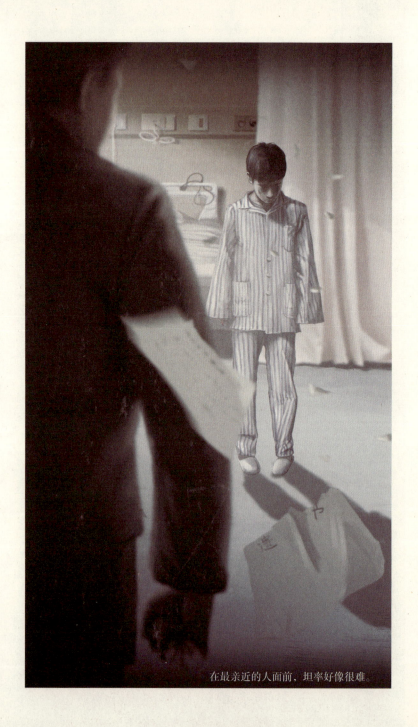

在最亲近的人面前，坦率好像很难。

这面墙不仅被观赏，更多时候，还给了患儿们一些心理安慰。

走廊上人来人往，我不清楚他们在说什么，
只依稀听到"放弃""拖回家""钱不够"。

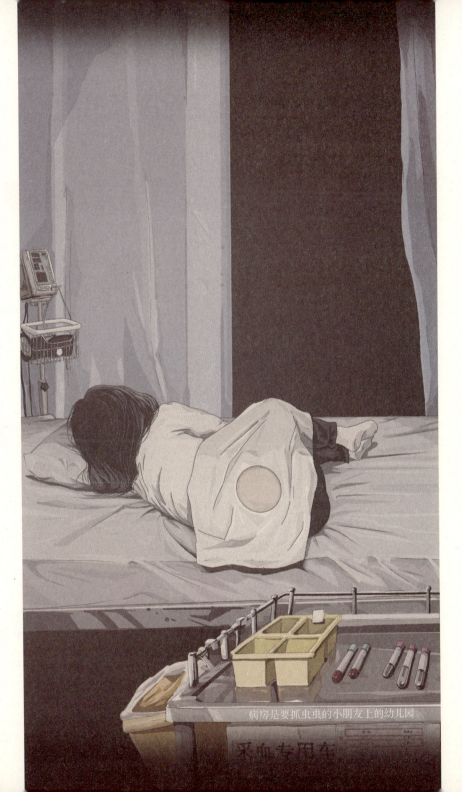

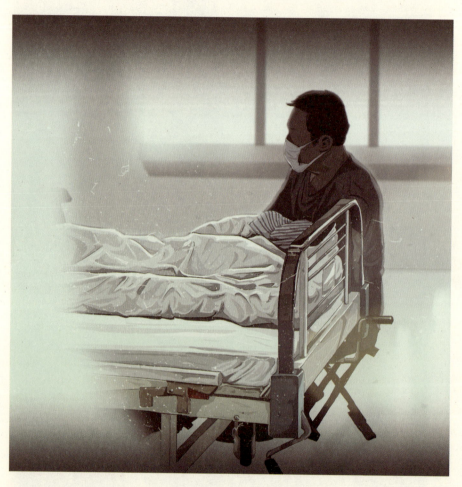

人心有一个自我保护机制，当一件事情超过你的承受极限，会自动开启一个防护罩，把自己密密匝匝地罩在里面，不听，不看，也不说。

生命只能朝着一个方向流逝。没有如果，也不能重来。

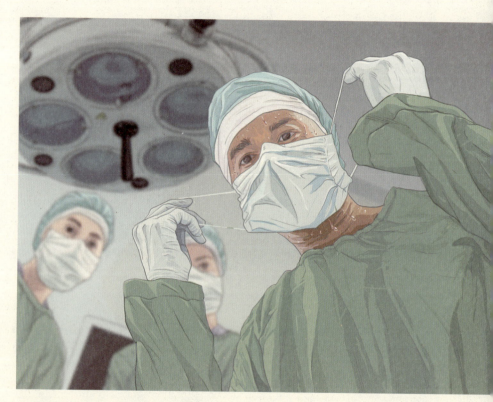

手术做完了，很成功，漂亮多了！

假如你知道生命还剩一年，你会选择干什么？

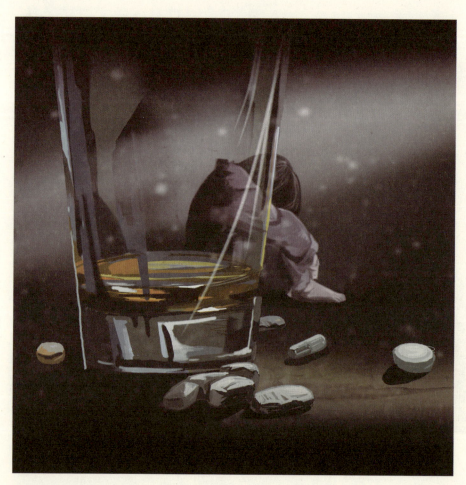

如果这是个童话故事……

我们来过，就该留下一些什么，让这短暂而渺小的一生对得起自己的内心。

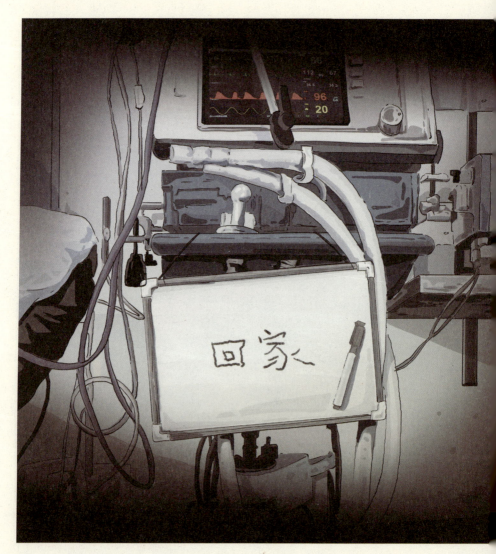

现在还是清醒的，就把他接回家等死，我们哪里还配说孝顺哦。

选择医学可能是偶然，但你一旦选择了，就必须用一生的忠诚和热情去对待它。

——钟南山

作者简介

郑多奶，新生儿科医生，希望自己"多奶几个娃"，曾一晚上同时看护30个孩子。

王余庆，儿童血液肿瘤科医生，替家长守护脆弱的"花"。

林大鼻，呼吸与危重症医学科医生，想要成为患者的"小桔灯"。

王鱼肠，外科医生，用手术刀为病人做最好的打算。

周木鸟，口腔科医生，给病人真正需要的，除了治愈还有尊严。

陈百忧，精神科医生，努力让诊室变成温暖的"子宫"。

梁镇恶，妇产科医生，想带着更多新生命来到这世上。

付嘻嘻，康复科护士，对于每个她送出院的病人，她都不愿意说"再见"。

徐童木，重症监护室护士，希望给生死边界的患者一份体面。

序　言

大家好，我是陈拙。微信公众号"天才捕手计划"的主理人。

"医生天生就是讲故事的高手"，这话不是我说的，是国外文学教授说的。

这句话我用了两年时间来体会。从2018年到2020年，我采访了100多位医生，请他们讲述普通人无法接触的生死场，经历过的各种极端状况。许多医生和护士的第一反应都是拒绝，他们有的说自己太忙，没时间记录故事，更多的人觉得自己身上压根就没有故事。直到我说服了第一个人记录下他亲历的医院里的故事。

后来的结果让我很诧异。我本以为如果一个医生要讲医院里的故事，一定会让人联想起电视剧里陈述苦痛的情节，带给我们的除了眼泪就是情绪。然而，如果你和我一样亲耳听到这些故事，就会有同样的新感触——那些悲情的故事只不过是发生在医院里，而能给人带来继续生存之勇气的故事，只能发生在医院里。

我讲几个简短的例子，足以验证这种感受：

一位口腔科大夫对上千张脸动过手术。他最难忘的一次，是一个患艾滋病的男孩明知做了手术会加速死亡，依然坚持要躺上手术台。因为这个男孩爱美，想找到一位有勇气的医生满足自己最后的愿望：离开人世时，自己能好看一些。

一位泌尿科医生接待了一个男孩，男孩需要一颗健康的肾脏才能存活。最后是母亲躲起来，将自己的肾脏移植到男孩体内，自己却在手术后死去。男孩至今仍带着三颗肾脏，健康地活着，继续追寻母亲突然消失的秘密。

一位妇产科新手医生的第二场主刀手术，差点成为她的职业灾难：女孩检查时只显示是卵巢肿瘤，但手术切开"卵巢"后，里边出现的却是男性的生殖器官。新手医生只能接受这个意外，她接下来要带着"女孩"重新变回一个女孩，从生理到心理。

这些故事，讲述的不仅是遭遇，更是人在精神上的历程。

我印象深刻的是上面这位妇产科医生，她在讲述故事后半段时哭了很久。她不是为女孩的悲惨遭遇而哭，医生不能轻易动感情，不然太累。她真正为之落泪的，是女孩在病情最严重时，和她讨论起了生与死的意义，讨论起自己到底算什么样的一种存在。

这些平时我们不会去思考的问题，在濒危关头却必须面对，而且给自己一个答案。

　　我看着故事里的这些段落，总觉得在病人所处的困境里，看到了自己日常生活中的阴影。因为每位被记录的患者，都是和你我一样的普通人，只不过他们正在经历人生中最艰难的一役。在故事里，他们身上所有的韧劲都会被激发出来，想尽办法来面对自己的命运。而我也能从这些文字里找到自己当下生活所需的答案。

　　一千个读者，一千双不同的眼睛。你会在这本书里得到什么，取决于你自己。但对我而言，这本书解答了两个问题——人是如何与病魔对抗，以及我们该以什么样的姿态去生存。

　　我想，在生死之间找到"答案"，比情绪催生的眼泪更加宝贵。

　　这些故事记录的除了医生和患者本人，还有另外一个至关重要的群体——患者的家属。他们怎么做，很大程度上决定了患者的生死去留：

　　需要漫长护理的女人很可能被抛弃，但如果被护理的是男人，他的妻子往往会坚持陪伴到最后。

　　对于年轻的病人，家属往往愿意投入更多的金钱治疗，但如果逝去，对家属来说也是成倍打击。

　　为父母送终的那个孩子，通常不是最受宠的那个。

　　…………

　　面对困境，每个人都有不同考量，最后做出不同的决定，但这也是医院里最真实的一面——那些难以被琢磨的人心。

　　医生们的笔触像一把锋利的手术刀，解剖自己的所见所闻，生死爱恨，祈祷纠纷。

　　生命宝贵，这样的故事值得被看到。

目 录

医 生 篇

护 士 篇

医生篇

身体里有三颗"苹果"的男孩

2009年的夏天，窗外下着瓢泼大雨。寂静的走廊里隐约传来病人的鼾声，两组交班的护士正在护士站低语。病房的电子屏不断变动着数字，还有几分钟就午夜12点了。

一阵电话铃声把我从困意中惊醒，一个带着乡土口音的男人低沉着嗓子问："你好，请问一颗肾多少钱？"

"什么？"我来不及消化对方的问题，激动得声音都变了调，脑海里毫无征兆地蹦出了网上拐卖人口、器官交易的传闻。

电话那头的人有点急迫，又重复了一遍："一颗肾多少钱？"

我没听清他是要买还是卖，但马上反应过来——这是碰上倒卖器官的黑中介了。我对这些黑中介非常反感，没想到这些人已经明目张胆直接打电话到医院问行情了。我清醒过来，警告他："私人买卖器官是违法的，我们不接受用来历不明的器官做手术！"

他明显迟疑了一下，带着防备的口气又问了一句："那买家和卖家怎么交易？"见对方还不死心，我继续劝说，那头的人匆匆挂断了电话。

我刚轮转到泌尿外科，之前只是从同事那儿听说过一些给患者和器官捐赠者牵线搭桥的黑中介的事。那些混混模样的人拿着小传单，混进病房后就把传单塞给陪床的家属，甚至敢直接放在我们医生的办公桌上。

黑中介的传单上一般只写着这么几个字："尿毒症特殊治疗"，外加一串号码。漫长的肾源等待中，我知道有的家庭会拨通传单上的号码，也知道结果都是一场空。

我在泌尿外科期间，遇到过很多挣扎的家庭。当中有一个小名叫毛毛的男孩让我印象很深。

他从不主动和我说话，每次查房，我都能看到他坐在病床上安静地翻着仅有的几本旧书，或者一动不动地发呆。他已经到了读高中的年纪，个头却不到一米六，乍一看，瘦弱得像个小学生。毛毛患有先天性儿童肾病，两颗肾脏如同正在萎缩的小苹果一样，他的病发展到最后就是终末期肾病，俗称的"尿毒症"。

他因为水肿就医，一发现就已经是晚期，选择只有两个：要么靠透析勉强维持，要么做肾脏移植。过去的几年，他每周都要透析3次，每次4个小时。这让他没法像正常孩子一样上学、玩耍，透析机和白大褂成了他童年最熟悉的记忆。

我给毛毛做入院检查时，毛毛一直躲在妈妈身后，全程像个小木偶一样静静地站在一边。讯问病史时，毛毛的妈妈总是扯着大嗓门抢先答话，毛毛的爸爸则很沉默，偶尔应和一句。

"这次住院是来做肾移植的吗？"我翻看着毛毛的入院材料问。

"是呀是呀。"毛毛的妈妈一副兴奋的样子。

"亲属肾还是捐献的尸体肾？"十年前尸肾的肾移植手术比例远高于亲属肾，就是价格高昂，普通家庭很难负担。

"别人捐的！医生你放心，我们准备好了钱的！"毛毛的妈妈抢着回答。

我所在的省份，做血液透析的病人一年有5万多例，他们等待一颗肾脏的平均时间是7年。毛毛很幸运。我把毛毛一家安顿在四楼我所负责的66号病床，等着那颗拯救毛毛的健康肾脏的到来。

毛毛入院后，我发现他们一家很奇怪。除了开始因为医院规定病人只能由一名家属陪床，毛毛的爸妈晚上轮流在走廊打地铺之外，后来我再也没有看到过这家三口人一起出现过。

有天我一进大楼，病人们正排着队等食堂送餐大妈打饭。我没有在队伍里看到毛毛一家。我到病房里看他们，毛毛的爸妈都不在，只有毛毛坐在病床上吃包子。经过走廊时我瞥了一眼安全通道的门玻璃，注意到毛毛的爸爸佝偻着背坐在楼梯间的台阶上，一手端着饭缸，一手捏着块馒头往嘴里送。我悄悄看了一会儿，发现他的上衣口袋露出一盒皱巴巴的香烟，于是推开门提醒他不能在医院抽烟。毛毛的爸爸愣了一下，带着点讨好的意味说："懂咧，懂咧。需要的时候敬别人的烟，总不好意思口袋空着咧。"

后来每次午饭我都会看到毛毛的爸爸一个人孤零零地坐在台阶上。他只给毛毛订了饭，自己总是一个馒头就着咸菜和一缸白开水，偶尔沾点油花，还是儿子吃剩的菜。至于毛毛的妈妈，自从我上次轮休了两天回来后，就一直没看到。

后来我跟夜班护士聊天才知道，毛毛的妈妈给自己也办了入院，已经住进了楼下的病房。我和他们家的接触不少，相处也还愉快，但我这时才知道，毛毛要接受的肾脏来自妈妈。不明白毛毛的爸妈为什么要在入院时骗我说肾源来自外人捐献。

"他们家是真困难，主任已经在帮忙申请基金救助了。"护士告诉我。

当晚，我去66号床看毛毛，把手头多出来的一份盒饭送给了毛毛的爸爸。过了一会儿，毛毛的爸爸轻轻敲响了我的办公室门，他从门外探头进来，一脸感激的表情。他抽出一根烟给我："医生，来，谢谢啊！"我皱着眉又强调了一次医院不能抽烟，指了指椅子，示意他坐下。我想问清楚他们为什么骗我。

毛毛的爸爸讪讪地笑着，局促地低下头，一个劲地向我道歉，脸上的皱纹都挤在一块了。他告诉我，就在一年前，毛毛和妈妈配型成功，已经符合了肾移植手术的要求。但配型成功的消息没换来毛毛一丝开心的痕迹。他已经见过太多人等着等着就离开了，不知道自己还能活多久，甚至不太相信自己能通过这颗肾活下去。但毛毛的妈妈充满了希望，想着终于能救儿子一把。没想到，毛毛拒绝手术。

当时毛毛问了一个问题："如果运气好，妈妈这颗肾脏可以维持到我30多岁，之后怎么办？"

这个困扰了毛毛的爸妈一年的问题，是毛毛自己上网查到的。毛毛发现肾移植十年存活率也就60%，而且术后的排斥反应不可避免，一般一颗肾脏的寿命是在5到20年。他用这些看来的数据来拒绝母亲。

毛毛的爸爸告诉我："这孩子的心事一直很重。"

他们一家住在医院附近的棚户区，毛毛的爸爸总在街角等日结的零工，毛毛的妈妈除了照顾儿子，还去做保姆、到工地上做饭。当年，换肾的总费用得四五十万，手术和药物的花费并不是大头，主要是给捐赠者的家庭提供一笔"丧葬费"，甚至还有"中介费"。这是我们那边捐赠者和病人之间不成文的规则。

一年里，这个家庭唯一的治疗方案始终没能得到毛毛的认同。对毛毛的爸妈来说，自己以往的人生经验根本派不上用场，他们花光心思也只能想出几句安慰的话：没事的，都会过去的，一定会好的。

毛毛的妈妈每天盯着他吃定量的饭，喝定量的水。为了使血管承受反复的穿刺方便透析，毛毛的左手做了"内瘘手术"。从那以后，毛毛的妈妈就会看着毛毛，不能用左手提重物、戴手表，睡觉时不能用左边身子侧躺，穿脱衣服都要先穿或先脱左手的。

毛毛的妈妈用她的大嗓门时刻提醒各种注意事项，带着毛毛跑上跑下做检查、做透析，竭尽所能要把儿子从死神的手里抢过来。她知道儿子爱吃什么却不能吃，想做什么却不能做，透析时的痛苦，忍住的眼泪和折磨，她都看在眼里。所以当一线生机出现的时候，说什么也要抓住。她总是说着车轱辘话，反复说服毛毛收下自己的肾脏。

听到这里，我一时不知说什么好。即便见惯了生死的医生，也不敢坦然说自己不畏惧死亡，但毛毛这个孩子，竟然敢于拒绝求生的机会。

为了让毛毛康复，毛毛的爸爸动起了偷偷卖掉自己肾脏的念头。他想用卖肾挣来的钱给毛毛买一颗肾，让儿子安心接受手术。他到处打听所谓的"中介"价格，想把自己的肾卖个高价。我值夜班时接到的"肾脏黑中介"电话，其实是毛毛的爸爸最后一次做卖肾的尝试。他在外面道听途说的行情都是卖一颗肾能换几万块钱，而买一颗肾要花几十万。他给我打电话，是想知道自己的肾能不能卖更高的价钱；他还想知道，是不是真的能瞒着毛毛把这手术做了。

毛毛的爸妈决定骗儿子一次。他们谎称等到了捐献者，而且社会上有好心人捐款。"手术的钱都凑得差不多了，又这么幸运得到了名额，孩子你得来做啊。"毛毛的爸爸的语气近乎哀求。毛毛终于答应了。

这次谈话中，毛毛的爸爸以卑微的姿态、近乎讨好的语气，哈着腰攥着我的手不住地嘱咐："千万不能说啊！"那样急迫的神情甚至让我担心，下一秒他就会跪下来。

"主任和科里都知道了吗？"之前我也碰到过一些癌症晚期的患者家属让我们帮忙隐瞒病情。但毛毛的状况太特殊了，我不能擅自答应这样的委托。

"我和主任说过，都知道的。"毛毛的爸爸回答。

我松了一口气，点点头应了下来。

答应了毛毛的爸爸保密的请求，我就不太敢跟毛毛说话了。之前我希望和毛毛多聊聊，但是他不太愿意搭理我；现在只能和他谈治疗上的事，就怕聊别的他会问我妈妈去哪了。

毛毛像个小木偶一样接受着各种难熬的治疗。他总是忍着，很少有反应，我摸不透他的情绪。我总觉得他是一个聪明且早熟的孩子，虽然很少表达自己，其实心里已经默默地起了怀疑。

原本只是毛毛的爸妈之间的秘密，逐渐变成了全科室医生护士共同的秘密。离手术的日子越来越近，我们仿佛处于一级戒备中。那段时间，不管谁代班，主任都会提醒一遍。甚至连查房，我们都生出了一种阅兵的仪式感，大家互相一点头，整整齐齐迈入毛毛的病房，一切尽在无言中。

护士长指定了两位护士轮流照顾毛毛，尽量避免太多人和毛毛接触，暴露了秘密。结果搞得不知情的护工阿姨都在八卦，是不是毛毛家有什么特殊背景，"咋还成了VIP呢"。

毛毛并不总是一声不吭，他偶尔会和爸爸说两句话，问的都是妈妈什么时候回来。毛毛的爸爸并不是一个善于撒谎的人，只是敷衍地告诉儿子：妈妈出去打工筹钱了。

　　毛毛的疑问变成了毛毛的爸爸的催促。每次见我们来查房，毛毛的爸爸总要问上几遍"什么时候手术？"，而毛毛就坐在床上，低着头。我不知道他是否在听我们的对话。

　　手术前几天，毛毛住在四楼，毛毛的妈妈住在三楼。毛毛的爸爸主要陪护儿子，偶尔找个借口溜下楼照顾妻子。我们和毛毛的爸爸艰难地守着秘密，面对毛毛探寻的眼神，我不知道毛毛的爸爸还能在这样的内外焦灼中坚持多久。

　　终于扛到了手术前一天，我走进病房通知他们父子。毛毛闻讯，抬起头看了我一眼，又偏头看了看爸爸。这是这个"小木偶"这些天来第一次表露自己的情绪。

　　我又下楼给毛毛的妈妈做术前谈话。她满脸不在乎，一如既往扯着大嗓门，总是在我说到一半的时候打断我，所有的问题都围绕着她儿子：最近毛毛的病情有没有变化，术后排斥反应发生概率有多高……

　　毛毛的妈妈总是不认真听我的医嘱。我多次劝她多吃点有营养的，她的术前检查显示是贫血，血压还有点高，可她大大咧咧地说自己身体好得很。我说得紧了，他们夫妻俩就煮一份白菜，算是"补营养"。

　　我叹了口气，将风险及注意事项讲完，最后问他们还有什么要问的。夫妻两人对视一眼，毛毛的妈妈缓缓开口："医生，明天拜托你们，千万不要让毛毛见到我。"这是她第一次心事重重地和我说话。

　　手术当天下着小雨。早上查房时，毛毛的妈妈已经去二楼准备手术了。我望了望这个女人的病床，被褥被整齐叠好放在床头，床旁的柜子上，属于她的物品只有一个杯子，一只暖瓶，还有床下仅有的一双她来时穿的旧布鞋。

　　到了麻醉间，毛毛的妈妈已经躺在手术推车上。她双手拢在胸前，身体看着有些僵硬，凌乱的发梢露在手术帽外面。她收起了大嗓门，罕见地安静，眼睛不时瞥向手术室的大门。我看出了她的紧张，安慰她："有什么需要就告诉我，毛毛就在旁边。"

　　听到毛毛，她的眼神一瞬从望向冰冷的天花板转向我，像是突然对上了焦点，然后生涩地冲我挤出一个笑："好嘞，好嘞，医生，我不害怕，不害怕……"我能感觉到，她大大咧咧的语气里有一丝颤抖。

　　仅一墙之隔，毛毛就坐在儿童麻醉诱导间的角落里。泡沫地垫上摆满了玩具，投影电视上放着动画片，空气中也弥漫着草莓味的香氛。这个房间以前的来客大多是几个月到几岁的小朋友，毛毛是这里来过的最大的孩子。为了毛毛的妈妈昨天的要求，主任特意拜托了麻醉师将这对母子分开。

　　我走过去轻轻打了声招呼，进行术前核对。他眨着大眼睛听我说话，反应比妈妈要平静得多。要进手术室了，毛毛向爸爸告别，主动伸出手，拉住了我。我这才发现，他的小手特别凉。脱下肥大的病号服，我第一次看到毛毛瘦小干枯的身体，皮肤紧紧地贴着骨头，每一道肋骨都清晰可辨。贫血使他看起来灰青灰青的。

　　手术台对这个瘦小的男孩来说有点高。"你自己爬上去还是哥哥抱你上去？"我低下头询问他的意见。

"我自己上。"毛毛的声音很小，但吐字清楚。

我找来小板凳，让毛毛踩着上了手术台。头顶的无影灯或是床头的麻醉机引起了他的不安，他的双手紧紧抓着被单。毛毛太瘦小了，躺在手术台上只占了中间窄窄的一条。

此时手术室里只有心电监护仪的嘀嘀声和麻醉机工作的声响，头顶的无影灯洒着惨白的光。面罩中七氟醚的味道有些刺鼻，麻醉师提示我准备静脉给药了。

我趴在毛毛耳边说："从一数到十，再醒来时就能见到爸爸妈妈了。"他颤巍巍地开始数："一、二、三……"看着毛毛慢慢合上眼，我不禁在想，如果他知道了真相会是什么反应。

"主刀医生陈述手术名称。"巡回护士的声音响起。"同种异体肾移植术。"主刀医生随即回答。

"切口部位……""预计手术时间……""麻醉关注点……"作为手术第一助手的我，思绪有些不合时宜地飘忽。透过手术室门上的玻璃，我向走廊外望了一眼。主刀医生轻碰了我一下，有点责怪地向我使了个眼色。目镜后的眼神也同样复杂。

一个小时前，毛毛的妈妈的手术已经开始了。很快，一个装满保护液的金属盆从隔壁送了过来，里面装的是毛毛的妈妈的肾。这颗新鲜的肾脏呈暗红色，圆润厚实，已经精心处理过，多余的脂肪被裁掉，血管修剪齐整，便于进行下一步的血管吻合。

毛毛自己的肾脏已经萎缩成小小的一只，很薄，像一个干瘪的苹果。术后毛毛体内会有三个肾脏，两个自己的，一个母亲的。第三颗肾脏，将负担起延续生命的重任。

我配合着主刀医生划开毛毛的皮肤，把毛毛的妈妈肾脏上的动、静脉与毛毛的连通。放开血管夹的那一刻，这颗肾立刻充盈了起来，鲜活的红色在肾脏内鼓动。慢慢地，清亮的尿液从移植肾的输尿管残端流出，毛毛的妈妈的肾脏开始在毛毛体内工作了。

手术结束，我把还在昏睡中的毛毛推进了复苏室，毛毛的妈妈已经先在那里。复苏室不大，两张床并排挨着，母子俩仿佛躺在一张床上。毛毛不知道，毛毛的妈妈也不知道，母子俩都还没清醒过来。我也算是遵守了和毛毛的妈妈的约定，没让他们见面。

为了观察麻醉后病人的意识，我拍了拍毛毛的妈妈的肩膀，喊了声她的名字，告诉她毛毛就在旁边。"嗯……嗯……"毛毛的妈妈口齿含糊地应了我一声。此时，毛毛还在沉沉地睡着。这次短暂的"见面"只有不到10分钟，毛毛的妈妈得离开了，在毛毛苏醒之前。

毛毛在术后恢复得不错，原来那个沉默寡言心思沉重的小木偶变得明亮了起来。手术后，毛毛的爸爸在四楼和三楼的病房之间来回跑，但多数时候他都守在毛毛这边。

毛毛的一切都在向好的方向发展，但毛毛的妈妈的情况却愈发严重起来。一天晚上，毛毛的妈妈自己去卫生间时突然晕倒在里面。同病房的病友听到声响赶来，毛毛的妈妈已经没有心跳了，血压很低。毛毛的妈妈住进了ICU（重症监护室），医生多次下发病危通知。毛毛的爸爸知道，他得随时做好准备。

我明显感到毛毛的爸爸唉声叹气的次数愈发多了起来。他整个人像是被抽掉了力气，眼神黯淡了不少。这个家庭快熬不下去了，或者说，我眼前的这个中年男人快熬不下去了。之前是这对夫妻一起来保守秘密，现在只剩毛毛的爸爸一个人来扛了。

一个天气闷热的下午，我走出办公室想透透气，隔着安全通道的门玻璃，又看到台阶上毛毛的爸爸佝偻的身影。他把头埋得很低，一只手攥着那包总是被他称为"给别人抽的"皱巴巴的烟，身旁已经零星散落了两三个烟头。我想上前询问一下，却突然没了勇气，从门把手上收回了手。

就在毛毛出院的两天前，毛毛的爸爸在毛毛的妈妈的放弃治疗同意书上签了字。他哭了。这是我接触这个家庭以来，第一次见到眼泪。

毛毛的妈妈走了。对毛毛的爸爸来说，这将是一个永远也圆不上的谎言。

我潜意识里有点躲着毛毛，我不知道如何解释，妈妈为什么还没回来看他。

临出院时毛毛流露出少有的小脾气，他已经两个星期没看到妈妈了。毛毛的爸爸之前承诺，做完手术毛毛的妈妈就会回来。算一算，该见面的日子都过去好几天了。

"爸爸说话不算数"，毛毛小声嘟囔着，也只是嘟囔着，怎么抱怨也不见妈妈回来。毛毛变得和手术前一样，沉默不语，总是坐在病床上发呆，翻看那几本书。此时此刻，毛毛的妈妈留给毛毛的那颗肾脏就埋藏在他的下腹壁靠近大腿根的地方。新的肾脏在那里隆起成一个小包。

给毛毛换药的时候，他会一直盯着刀口看。我嘱咐毛毛，以后这颗肾都会在这个位置，睡觉的时候不要压到。伤口恢复拆掉纱布以后，他只要低下头很容易就能看到、摸到那里。毛毛依然很安静，神情谨慎地答应着。

我将出院材料交给毛毛的爸爸时，没忍住问出了口："以后如何向毛毛解释？"刚说出口，我就有点后悔了。这个中年男人，眼圈隐隐地红了起来。

毛毛的爸爸沉默了非常非常久，久到我有点不知所措的时候，他轻轻告诉我："可能会先告诉他因为家里债太多，他妈跟人跑了，之后的事再说吧。"

我不知道这是不是一个正确的决定，但是我能理解这位父亲。世上如果有什么比生死更可怕，大概愧疚算是一个吧。

出院那天，毛毛脱下宽大的病号服换上自己的衣服，一个人坐在床边。从他的表情里，我看不到一点即将迎接新生活的喜悦和兴奋。

我想起这一家三口入院那天，毛毛的妈妈兴奋地告诉我她来给儿子做手术。她身形壮实，穿着一件的确良的花衬衫，一手提着包袱，一手拉着瘦小的毛毛，笑容洋溢在脸上。毛毛的爸爸则带着点木讷，在一旁老实地点点头，应和几声。他的皮肤黝黑粗糙，微微伛偻着身子，背上扛着花布包袱，里面捆着衣服、被褥，手里还拎着暖壶、拖鞋、脸盆、饭缸，像是把家里过日子的东西都搬来了。

现在，毛毛的爸爸在一旁默默地收拾东西，忙着把暖壶、饭

缸、拖鞋、脸盆一件件收起来，将铺盖卷包进花布包袱里。要带
走的东西和一家人入院时差不多，只是毛毛妈那双破旧的布鞋此
刻还放在她的病床下，和被褥衣服一起，摆放得整整齐齐。毛毛
妈的东西不用带走了。

　　那个夏天，我们所有人共同保守的秘密，现在就藏在了毛毛
的身上。

虫女孩的冒险冬天

你见过刚剔下来的动物关节吗？大块骨头上能看到一层薄膜，微带一点粉红，就是骨膜。人的骨膜上神经多，受了一点刺激，痛感就会特别强烈。骨髓穿刺，通俗点讲就是在骨头上打针。而我，经常在小朋友的骨头上打针。

从上班起，我的白大褂口袋里就一直放着一个笔记本。从前往后翻，我写了一些特殊情况的处理流程、药物剂量、药物用法等。可最后几页很特殊，倒着往前看，是我记下的一串小朋友的名字。这几页有点像"生死簿"。不过，里面的孩子都经历过死里逃生。每当我觉得失去动力，就会翻开本子，给其中的孩子打电话，其中有个叫圆圆的6岁小女孩，在每个我想要放弃当医生的时刻，都支撑着我继续走下去。

2017年10月，我轮转到了儿童医院的重症监护室。早上交班的医生跟我说后半夜转来个新病人，是急性淋巴细胞白血病化疗后重症肺炎。病人的病情恶化得很快，不到一天，已经从呼吸急促发展到上呼吸机了。我顺便问了下病人的名字，没想到会是圆圆。圆圆是我在儿童血液肿瘤科做住院总医师时认识的孩子。

我们见面的第一天，是圆圆第一次做骨髓穿刺。我告诉圆圆的妈妈骨髓穿刺是怎么回事——选好穿刺点，局部麻醉后把骨穿针从同一个针眼扎进骨头里，回抽像血一样的骨髓。圆圆第一次抽骨髓，需要的标本多，如果因为病情出现干抽，甚至可能扎上一小时却什么都抽不到。

圆圆的妈妈听完很难过，但她没多问，爽快地签了同意书。然后，她突然对我说："医生，麻烦你等我两分钟，我要跟她解释一下。"

妈妈把圆圆抱上操作床，一改在我面前难过的样子，微笑着对圆圆说："你看，你不是最喜欢长腿嘛，这个长腿的漂亮阿姨给你做检查哦。你要配合阿姨，脚痛才好得快呢。"

采骨髓的操作室是个小房间，窗前的桌上放着一个利器盒，里面装了废弃针头。桌上摆着一些针筒、玻璃片，都是一些小孩害怕的东西。圆圆得到了妈妈的解释，似乎并没有感到害怕，她礼貌地向我问好，羞涩地笑了："阿姨，我最喜欢你这样个子高高的人了。"接着就捂着嘴巴不说话了。

在发达国家，儿童骨髓穿刺都是全麻的状态下进行的，但我们现在还做不到，医院的麻醉医师也不够用。可病还是要看的，圆圆才4岁，我试着用她能懂的语言跟她解释，期望她能配合。

我让圆圆侧躺着睡下，用手抱住自己的膝盖，把身子像小虾米一样弯起来。成人能够自己抱住腿，但孩子通常需要束缚起来，他们力气太小，甚至抱不住自己。

我边摸她屁股上方的骨头，边夸张地说："你现在脚痛，是因为有小虫子在咬你呢！阿姨在这里打个针，把小虫虫抓出来，你就不疼了。"

她妈妈也在一边怜爱地说："就跟你抽血一样，有一点点疼，我们要勇敢哦。"

我有些意外地看向圆圆的妈妈，她的表现很镇定，这对孩子很重要。在儿童医院，最不缺的就是孩子的哭声和尖叫声。一些情景下，我是赞成孩子哭的。因为哭，可以发泄他们不安的情绪。可有些孩子不听话、不讲理、不配合，很多时候是因为情绪被父母感染了。父母表现得太焦虑，孩子就没有安全感，他们怕痛、怕死，然后就失去了理智。

妈妈离开操作室之前，还捏了捏圆圆的手，说自己就在外面等她。

"你现在有6条虫虫，阿姨今天要把它们全部抓完，等下你帮我一起数。"解释完一切，我让助手扶好圆圆，开始跟她互动。

"阿姨要给你消毒了，凉凉的。"

"嗯，凉凉的，我不怕呢。"

我对每一个动作都做出讲解，希望减少孩子心里的不安。

"要打麻药了哦，有点痛的，你忍一下啊！"我迅速用眼神和手势示意助手按住她的手和腿。

　　这时的圆圆不再回答我的话，她蜷成了一只小虾米，一声不吭，一动不动，把牙齿咬出了声。

　　麻药打完，我给她按摩了一下，从打麻药的针眼里垂直穿进刺针。运气不错，我们抽得还算顺利。医生们一起大声给圆圆数着进度："一条虫虫。"

　　"第二条头出来喽，欸，把它身子拽出来，啊噢，尾巴出来了。"我学着少儿频道中卡通人物说话的声音。

　　圆圆痛哭了，哭得很惨，但她确实全程没有动。6管标本顺利抽完，圆圆的妈妈进来了。见到妈妈，圆圆硬是把眼泪咽了下去，她高兴地说："妈妈，阿姨帮我抓了6条虫虫呢，我没动，也没哭，阿姨是不是啊？"她的泪水在眼眶里打转。我笑着点头，给她竖了个大拇指。

　　在整个过程中，圆圆一直背对着我们躺着。她看不见我们在做什么，只能感受到骨头的疼痛，说不害怕肯定是假的。我们能做的，只有尽量抓牢她，速战速决。要减少患病孩子的心理阴影，病治好后他们的路还很长。

　　可没想到10个月以后，我会在儿童医院的重症监护室见到她。

　　我看了圆圆的呼吸机护理记录、血气和胸片。只见胸片上的两肺基本都白了，药物也用到了顶级。这可能是卡氏肺孢菌感染引起的。这种病菌平时就寄生在肺泡里，普通人不受影响，但免疫力低下的人容易被感染。它发病急，非常凶险。

　　差不多在一个月前，我们医院有个5岁多的患白血病的小男孩，就是因为这个病呼吸衰竭了。孩子从上呼吸机到去世，一天的时间都不到。被抢救时，小男孩的身边没有父母，只有小姨，因为就在那天，小男孩的妈妈生下的二胎还不满一周。

孩子得了白血病，家长们的选择也不一样。有的会延迟要二胎的计划，把主要精力放在患病的孩子身上。还有一些，会再生一个。其实跟成人比起来，儿童患白血病的治疗成功率更高。孩子的生命力比大人强，只要闯过治疗的关，之后会恢复得非常好。但很多时候，家长放弃得过早了。

现在，圆圆的病情比小男孩刚上呼吸机的时候严重多了。她闭着眼睛，安静地躺在重症监护室的病床上。嘴唇发白，嘴里还插着一根气管插管，几条胶布贴在她苍白的脸颊上，固定住那根管道。同样被"固定"的还有她小小的身体：她的手腕、脚踝全被约束带绑住，连在床的铁围栏上。

"你有什么想法？"查完房，主任问我。

情况紧急，我建议请呼吸科来给她做个纤维支气管镜检查，这项检查需要暂时脱开呼吸机。

主任有些担忧："万一过程中要抢救又没抢救回来，家长可能接受不了。"他想了一会儿，"不过，如果做得顺利，应该能帮她撑得久一点，争取药物起效的时间。"

想起之前那个5岁小男孩给我们留下的遗憾，我们决定去说服呼吸科医生。给患白血病的孩子做这项检查，呼吸科医生会冒很大风险，白血病患儿不像其他孩子那样做完就会有明显改善，操作过程中还很容易出血，变成大麻烦。

我们向呼吸科医生提出请求，这个医生挺爽快，就问了一句："有没有跟家长说过，家长什么意见？"

"孩子是我们的老病人，家长很好沟通，能够理解也愿意承担风险。不做的话估计熬不过去了。"我说。虽然嘴上这么说，我心里还是有些打鼓。

重症监护室的护士站和家属等候区之间连接着一套对讲系统。视频页面模糊，我朝着对讲系统喊："圆圆的家长在不在？"

圆圆的妈妈扑过来，激动地答："王医生，我们在！我们在！"我心里一酸。她大概把我当成"救命稻草"了，我可能是她在重症监护室里唯一熟识的医生。

介绍了病情进展，我有些遗憾："圆圆目前肺里的情况很差，估计不会一下子好起来。"

听到女儿的病又重了，孩子的爸爸的眼睛先红了。他们夫妻俩在大学谈的恋爱，8年后才结婚。双方的家庭条件都不太好，婚后，妻子故意等了两三年才要小孩。生圆圆的时候，她30岁了。

选择摆在了圆圆的爸妈面前。我让他们考虑一下，愿不愿意做纤维支气管镜。他们俩静静地听着，中途一次都没打断我的话。

脱开呼吸机，谁都不能保证万无一失。圆圆的爸爸含着泪，硬忍着不流出来，他握着的两只手在颤抖，哽咽又坚定地说："我们做！既然你来问我们，肯定是觉得好处比风险大。"妈妈在一边点头："医生跟我们家长一样，都希望治好她。"说完这些，他俩对医生、对治疗方式就一点盘问也没有了。

医院一直都是个检验人性的地方，儿童医院也不例外。一次我在急诊室，边准备开住院证，边跟一个女婴的爸爸说："宝宝有黄疸的原因，目前的考虑是新生儿败血症，细菌感染，需要住院治疗。"

男人问我住院要多少钱，我告诉他具体花多少钱要看病情，先预交5000块，多退少补。

"交了5000一定能治好吗？"他回我。

我耐心地跟他解释，具体花多少钱我不能预算，但绝大部分宝宝治疗后会好起来，对以后没有影响。

这个爸爸马上来一句："什么破医院，花钱买东西还有质量保证呢，你们居然说花5000块钱住院不一定能治好，那我们不住院了。"他抓起病例就要把女婴抱走。

"人命不是东西！"那是我唯一一次在诊室里朝家长大吼。

医疗服务并不是消费，有钱也买不来人命。

我还碰到过一个小男孩，发烧半个多月家长才送来检查。孩子得了白血病，家长不是把口服的化疗药偷偷少给孩子吃一点，就是想少上化疗药，少做腰穿。小男孩原本是低危组，被他爸硬生生地拖进了复发的高危组。

在儿童医院，孩子的生死，很多时候都是父母决定的。

我让圆圆的爸爸在病情谈话单上签个字。这个高瘦的男人，手一直在抖，连自己的名字都写得很慢。

圆圆的妈妈在一旁看，伤心又激动地对我说："王医生，昨天转过来前我还跟圆圆说，'虽然爸爸妈妈不能在这里陪你，但你最喜欢的王阿姨会照顾你的。'她接受了，没哭也没闹。"

我告诉圆圆的妈妈，其实圆圆并没有看到我。她进监护室不久就上了呼吸机，睡着了。

"但我希望她醒来别觉得我骗她。"妈妈说。她真心在意自己给孩子许下的每一个口头承诺，即使这个孩子只有四五岁。

顺利完成了纤维支气管镜检查，第二天晚上9点多，圆圆的病情再次恶化——呼吸机的参数已经调到最高，血氧饱和度还是不到90%（正常人是95%以上）。同事让我跟主任汇报，看能不能上人工心肺。

圆圆化疗后的血小板数量低，我们给她特别申请了紧急输血，周六早上才终于把她的血小板数输上来。体外循环组的主任评估后认为：以目前的状况，人工心肺不是不能上，但风险很大。如果家长决定上，就要做好人财两空的心理准备。

对于圆圆的情况，我们没有经验，她是这里第一例因为卡氏肺孢菌肺炎要上人工心肺的白血病病人。人工心肺机器的管路非常贵，是一次性的，要5万多。机器准备下来起码要两个小时，如果两个小时内圆圆的病情迅速恶化，撑不到准备好的时候，就浪费了。

这是一个比之前更难做的选择。上人工心肺好起来的概率并不大，但圆圆肯定会多受罪。医生没有明确的倾向，圆圆的父母一时半会儿也决定不了。

圆圆的妈妈六神无主，去找血液科的主任。耐心听完了她的倾诉，主任说："如果你现在还是判断不了该做怎样的选择，那你就倒过来想吧！如果今天决定不做，将来会不会后悔？"

圆圆的妈妈仔细想了想："我一定会后悔，我们做！"

从父母决定给孩子上人工心肺机的那一刻起，我们就启动了一场生命接力。从家长做完决定到上机成功，我们仅用了两个小时。这是一场和死神抢孩子的战争，没人耽误一分一秒。只要圆圆跟死神赛跑的时候再努力一点，只要她能赢得宝贵的时间，就可以等到抗生素起效。

这个夜晚，大家都密切关注着她。体外循环组特地留了个医生跟我一起值夜班，有什么特殊情况，主任们会随时远程指挥。在人工心肺的支持下，圆圆的血氧饱和度明显改善，血压也开始稳定了。

前半夜，我抽空跟圆圆的父母聊了几句。我唯一能安慰他们的是，监测已经从半小时一次过渡到一小时一次了。不过上人工心肺的时候，圆圆缺氧的时间有点长，她这次能不能活下来，活下来后大脑的功能会不会受损，大家的心里都没底。

圆圆的妈妈哭了："王医生，我们知道的，谢谢你们的努力。如果她挺不过来，我们都尽力了，也认命；只要她活着，一家人在一起，就算傻了我们也愿意。"

快12点的时候，护士来办公室叫我，说圆圆的妈妈按对讲系统喊我出去。我心里"咯噔"一下，家长大半夜叫我，难道是想放弃？我们的确经常会碰到一些家长，在关键时刻主意变来变去。我想，如果他们现在说要拔管带孩子回家，那就太可惜了。

打开走廊的门，圆圆的妈妈像做贼一样溜了进来，她拎了一大袋东西往我手里塞，有些不好意思："因为我们圆圆，你们晚上肯定没觉睡了。吃饱才有力气干活，这些吃的你帮我拿进去给大家吧。"

我松了口气。还好，她不是想放弃。

10天后，圆圆的人工心肺撤了，又过了3天，呼吸机也撤了。病情逐渐平稳，但我们难受地发现，圆圆几乎不会说话了。她不叫痛，也不叫爸爸妈妈，只会叫"阿姨"。护士以为她有什么事要说，过去拉她的手，她把护士甩开，继续沙哑着嗓子叫"阿姨"。护士都以为圆圆傻了。

我去床边拉她的手，摸她的额头，轻声问："圆圆，你要干吗呀？"她睁开眼，冲我疲惫地笑了一下。我又问她："你想爸爸妈妈吗？"她没有任何反应。我走开一会儿，她又"阿姨、阿姨、阿姨"叫个不停。这时我才意识到，圆圆可能正处在类似于应激后的情绪休克期。她的记忆还停留在进监护室前，只记得妈妈跟她说的那句："王阿姨会照顾你的。"

妈妈告诉过她，醒来后就会见到"王阿姨"，但在重症监护室醒来的她，身上插满管子，身边没有一个熟人，这对一个孩子来说，太可怕了。更可怕的是，她可能觉得妈妈欺骗了她。现在，她看到了我，就像在大海中漂浮的人突然抓住了一块木板，心里多了一点点安全感。

为了让圆圆的神经系统功能恢复快一些，我尽快安排了她的父母进来探望。可爸爸妈妈第一次跟她说话，她却没有任何回应，像不认识一样。我有点担心，她妈妈却说："只要她活着，我们就心满意足了。"

看到原先那么聪明可爱的孩子，现在的认知能力却停留在这个水平，也许一辈子都要靠父母照顾。我无能为力，觉得很痛苦。

第二天早上，我一到医院，护士就让我赶紧去看圆圆，说她叫了一早上的"阿姨"。我走到她床边，她马上不叫了，闭上眼睛流泪。

圆圆可能面临一些心理问题，她还这么小，就一个人面对了死亡来临的痛苦和恐惧。这种心理状态在发达国家的医院，肯定会请心理医生和艺术治疗师一起参与治疗的。但我们的心理医生太少了，艺术治疗师根本就不存在。

偶尔有时间，我就会陪圆圆，指着病房墙壁上的画给她讲海底的故事。在儿童医院的监护室的墙面上，有一些美术志愿者画的海洋生物，这面墙不仅被观赏，更多时候，还给了患儿们一些心理安慰。我不知道她有没有听懂，但她对我说的话有反应，有时笑，有时流泪，有时干脆闭着眼睛不搭理人。

几天后，圆圆转回了血液科病房，我依然每次下班前都去看望她。她的语言能力还停留在"阿姨"这两个字上，不过因为妈妈每天都陪着她，她叫的次数慢慢减少了。圆圆生病后，她妈妈就没有上班，家里就靠爸爸在外地工作赚钱。

一个周六，我下班前去看圆圆，一进病房，她居然说："王阿姨，你又来看我了？"

我的下巴都快惊掉了，惊喜地问："你什么时候会说这么多话了？"她调皮地回答："我就是会说这么多啊，我什么都会说呀！"

圆圆的妈妈告诉我，爸爸这个周末为了陪圆圆，连夜赶回医院。他到病房的时候都快十一点半了。圆圆也不肯睡，一直坐着等。

爸爸到病房的时候，她居然开口了："爸爸，你这么晚才回来啊，吃晚饭了吗？"

一家三口顿时哭成一团。哭了好久，妈妈问她："你什么时候又认识爸爸的？"

圆圆开始抽抽搭搭地回忆，她确实对妈妈说"王阿姨会照顾她"的那段记忆最深刻。

"我醒了，坐车换到画满鱼和海豚的病房的时候，我看到王阿姨了。可你们一会儿就走了，我以为你们不要我了。现在你们不会再不要我了吧？"圆圆说，"我其实什么都记得，就是怕爸爸妈妈不要我了，才不理你们的。"

孩子最怕的就是被父母遗弃。

每个人一生都要经历大大小小的磨难，圆圆似乎在童年就把这些不好的事情都经历了。肺炎好了，我们又发现她的心脏有血栓，这是个不知道什么时候会爆的炸弹。但我想，她的父母会很好地陪她走下去。

圆圆恢复正常说话后，我送了她一盒星星，当作对她的奖励。她很喜欢，经常会倒出来数，再一个个装回去。

圣诞节的时候圆圆来找我，送了我一大块巧克力："阿姨，谢谢你照顾我。我不能吃巧克力，但是我希望你喜欢吃。"她妈妈帮她写了张感谢卡，圆圆想签名，却不会写字，就在卡片上画了两个圈圈，当作"圆圆"，代表这个可爱的圆脸女孩。

2018年2月，圆圆又来找我，送了我一条毛巾。我打开一看，发现是儿童款。圆圆的妈妈解释说，买毛巾的时候，圆圆要求也给王阿姨买一条，是她自己挑的图案。我恍然，原来我已经被这个小姑娘当作闺密了。

我确实喜欢跟病房里的小朋友们说："我们认识很久了，我是你的好朋友了吧！"我喜欢孩子，但也有其他的考虑：如果我和孩子成了朋友，在做骨髓和腰椎穿刺的时候，他们就没那么害怕了。恐惧少一些，痛苦就要少一些。与之不同，孩子们的感情其实很纯粹。

每次新认识朋友，对方一听说我的工作，总是满脸同情："你平时看到那么多病很重又治不好的孩子，会很压抑吧？"

我想说，这里大多数时候不仅不压抑，反而很欢乐。常有外向的孩子来跟我们求抱抱。我跟小朋友们聊天，如果他们站地上，我就蹲下来说话。医生护士们也不会用"几床几床"来喊孩子们，在正式的场合我们叫全名，私底下，我们就喊小名。我记得大部分孩子的小名。这是我们用自己的态度，表达对孩子支撑的方式。

我也会鼓励圆圆参加医院组织的活动，她上过半年的幼儿园，因为生病不能再去了。我跟她说："病房是要抓虫虫的小朋友上的幼儿园。"等虫虫抓完了，她就可以毕业了。

2019年7月，圆圆来医院上最后一次强化疗。在我们科室，大家都习惯把孩子化疗结束的那一天称为"毕业"。我送给圆圆的毕业礼物是一支国外买的彩色铅笔，还写了张卡片："祝福过去，毕业快乐，拥抱未来。"

这个六岁半的小姑娘曾经跟我分享过悄悄话，说她长大了想去外地读大学，"想出去看看"。我和圆圆的父母都把她当作一个独立的人去沟通。圆圆的心智也挺成熟，这源于父母给她的尊重，而不是压力。

"毕业"的这天，圆圆还特地要求妈妈一定要穿裙子，涂口红，要跟她没抓虫虫之前一样。圆圆会像个大人一样说话："妈，你这两年照顾我辛苦了。家里为我抓虫虫也花了很多钱。"她可能是无意中听到了大人之间的谈话。

出院第二天，我收到了一条圆圆穿的手链，她妈妈借用孩子的口气，给我回了张卡片：王阿姨，谢谢你给我爱的治愈，在我"独自面对"的岁月里，你是我唯一的依靠，陪伴我，温暖我。

这次的签名和日期都是圆圆自己写的，字写得真不错，不再是两个圈了。末尾，她还画了张笑脸。

下半年，圆圆就要上小学了。那时的圆圆应该还是光头，因为不时吃激素，她的脸依然会有些肿。上人工心肺留下的疤痕，还清晰地爬在她的脖子上。

我有过担心，但圆圆的妈妈提前给她做了心理建设。她们母女之间会模拟问答：

"你同学问你为什么光头，你怎么说呀？"

"我就告诉他们，我生病上化疗才这样的，以后会长好的。"圆圆自信地回答。

　　"如果他们嘲笑你，你怕不怕？"

　　"我才不怕呢！如果他们想知道是怎么回事，我就实话实说呗；如果他们欺负我，我告诉老师呀；如果他们实在太讨厌了，我就不理这些傻瓜。"

　　这个6岁的小女孩，在面对重返校园可能遭受的异样眼光时，已经能够表现得独立而勇敢了。对于讨厌的人，她决定不去理傻瓜；对于喜欢的人，她知道自己不会被抛弃。

　　最后，圆圆挠了挠她的光头，又补了一句："我就是跟他们不一样，有什么关系！"

等待

血液科办公室陷入了长久的沉默。时间一分一秒地流逝，我站在一旁，手里拿着骨髓配型检测报告，静静等待他们的决定。两个男人坐在我对面，像是被点了穴般，不动，也不说话，甚至连表情都不曾变过。就像在玩"谁先动谁就输了"的游戏一样。

在我身旁的是病人的丈夫老甄，他率先沉不住气："都解释清楚了，并不危险，否则怎么会有那么多陌生人还无偿捐献骨髓呢？"

"何况她是你们的亲姐妹。"老甄说完最后一句，稍显无力。

听到这句话，两个男人眨巴了一下眼睛。要不是看到这一幕，我简直要怀疑时间静止了。

此时此刻，处于风暴中心的病人林音正躺在不远处的病房，丝毫不知道自己的丈夫正在和自己的兄弟们对峙。挂在白墙上的时钟不断走着，留给林音和老甄的时间不多了，我们医生给的生命预期只剩下不到半年。

那是2009年，我刚毕业就被分配到血液科，只能干一些没有技术含量的工作。比如，陪着没有希望的病人等待结果。

收治林音的第一天，她的老病历就摆在我的眼前，像大部头的牛津字典一样厚。病情越复杂、住院越久的病人，老病历就会越厚。我心里有些畏惧，这就是主任口中"很简单"的病人吗？

我认命似的坐在桌前，一页一页仔细翻看：林音，40多岁，从事科研工作，丈夫老甄在公司任职，女儿上大学。病历里有张小小的证件照，上面的林音是鹅蛋脸，五官说不上多惊艳，但凑在一起却看起来很舒服，有点像仕女画里的古典美人。我情不自禁地盯着照片，看一眼，再看一眼。这么一个好看的女人却被确诊为"骨髓纤维化"。

这个病虽然不算恶性肿瘤，但同样危险。正常人的骨髓液在显微镜下，就像广告里拒绝"到碗里来"的巧克力豆，生机勃勃，想赶快到血管里开始全身旅行。而林音的骨髓却是一片荒芜的沙漠，上面只有一点绿色的蕨类植物艰难地维持着生机。如果说骨髓是人体的"造血工厂"，那现在她的工厂已经罢工了。医院很快就给出了诊断，她必须要进入血液科进行住院治疗。

血液科，这三个字在普通人看来，只意味着简单的抽血化验。但对于我，一个刚刚参加工作的菜鸟医生，这个科室的背后藏着一个让人绝望的白色监牢。

灰白色的墙壁，床单、被褥、病人的皮肤连成苍白的一片。因为化疗，病人头发大多稀疏零落甚至全部掉光，瘦削的脸上没有一丝表情，只剩一双双空洞的眼睛茫然地望着自己的输液瓶，看着液体一滴一滴流入血管。随着病房门"吱呀"一声响，所有的病人会瞬间转过头来盯着我。有时我的心会猛地一缩，差点忘了自己要来干什么。

在如此多望向我的眼睛里，林音的眼神显得很不一样。她总是温柔地看着我，视线对上时还会笑一笑。那是血液科病房里少有的带有希望的眼睛。当时的我不知道眼前这个女人会成为自己往后十年的行医生涯里最放不下的病人。

林音住院的第二天，主治医生把老甄叫到办公室详谈，他妻子的骨髓造血功能已经几乎全数丧失。摆在这一家人面前的只有一条路——骨髓移植。老甄坚决干脆，马上表示："费用不是问题，怎么能治病就怎么来，花多少钱都行。"

但骨髓移植还真不是有钱就能解决的问题，最关键的是要找到骨髓配型。台湾富豪郭台铭的弟弟得了血液病，专门买了一架私人飞机以便全世界看病，还把其所住医院的整个血液科病房都重新装修了一遍，可因为没有等到合适的配型，最终还是去世了。

老甄有点泄气，问怎样才能找到合适的骨髓？

主治医师告诉他首先可以在中华骨髓库进行登记，但这个方法无异于大海捞针，成功的概率很低。第二个方法是动员所有亲属做配型。老甄马上表示自己和女儿囡囡可以去配型。

主治医生摆了摆手，示意他不要着急："最理想的是双胞胎兄弟姐妹，如果没有双胞胎，普通兄弟姐妹的成功率也会很高。"

我之前在新闻里看到，有个孩子得了白血病找不到合适的配型，父母救子心切会再生一个孩子。

老甄只低落了一瞬间，随后再抬起头时他的眼睛里盈满了光："林音有一个哥哥和一个弟弟！"

几天后，林音的血液样本被送检了。接下来的两周内，这家人只剩下一件事——等待结果。

也是那段时间，我发现老甄这人有些异样。他先是试探我，问骨髓能不能花高价买到，多少钱都行。然后又觉得医生加班太累，让我中午去附近的一个酒店休息，他会给我留一个房间。那家酒店我知道，住一晚要1000多块钱，对一个危急关头的家庭来说不是个小开销。我觉得这人有些"虚"，那么高档的酒店张口就来，是你家啊？

直到有一天我经过病房走廊，看见老甄穿一件老头衫、一双人字拖站在一群西装革履的人中间，那群经理模样的人端着电脑，紧盯着老甄，听他不时提出一些意见。后来才有护士告诉我，老甄提到的那个高档酒店确实是他的产业之一。我试着回想老甄这人，发现他在医院的种种表现确实没一点有钱人的样子。

当初我看完病历，把老甄叫来问几个问题。没想到他对答如流，各种专业名词说得比我还顺溜，而且把妻子历次的用药都按照时间顺序细致整理成一张大表。我们医院不是没有富豪病人，只是他们一般请护工照看，根本不可能像老甄这样，花费如此多时间了解病情，还整天跟着病人，寸步不离。

除了这些，老甄还异常在乎妻子的感受。随着林音的病情越来越重，他郑重对我们提出一个请求："我爱人不清楚具体情况，还拜托您帮忙瞒一瞒。"

就这样，我根本猜不到这个整天不上班，就顾着黏住老婆的人，原来是个身价上亿的富豪。但在病症面前，金钱真不是万能的。老甄越来越心急，几次问我能不能高价购入骨髓。我只能不断安慰他，情况一定会出现转机。

等待的过程漫长而煎熬。最后连林音都起疑了，问这次住院为什么要这么长时间。我们与老甄统一口径，告诉林音这次把身体调理好，会换一种新的方案。但其实我们担心配型不成功会打击她，没有告诉她在等待骨髓配型的事。林音半信半疑，但看到老甄对她坚定地点点头，没有再发问。

那段时间老甄经常在妻子面前和医生笑着打招呼，只是到我这儿时会默契地对视一眼。该在林音面前说什么话，我和他已经提前在病房外对好台词了。

天气好的时候老甄会陪着爱人去楼下转一转，直到病房熄灯了才离开。他们的女儿囡囡刚上大学，每到周末都会过来，病房就明显欢快一点。此时老甄往往沉默不语，只是坐在一旁，望着妻子和女儿。他妻子被长时间的病痛改变了相貌，当初的鹅蛋脸日渐瘦削，成了瓜子脸。难得的是这种情况下她依旧在意打扮，化优雅的淡妆，显得很年轻。而她那一头浓密的短发，在整个血液科里都很罕见。

之前有次输血，护士一眼就认出了林音，问她："还不到下次化疗的时间呢，怎么这么快就回来了？"林音苍白的脸上挤出笑容，自嘲道："这次回来不是化疗，是又要输血，我简直变成一只吸血鬼了！"老甄只是陪在旁边跟着笑一笑。

千盼万盼，骨髓配型的结果终于回来了。今天老甄提前很久就到了，还换了件衬衫，显得比平时严肃、郑重很多。女儿年纪小，老甄很担心，就没让她来，他自己一个人坐在办公室，等待我们揭晓答案。

"中华骨髓库暂时没找到合适的配型。"

老甄手里拿着结果，没有说话，没有表情。过了半晌，他与我四目相对："那我和囡囡呢？"

"都是半相合。"

老甄明显表情低沉，并没有询问我们什么叫半相合，显然是提前做了充分的功课，知道这并不是一个好消息。

"但是……"听到这两个字，老甄猛地抬起头，盯着我们。

一张报告单递到他手中，粗体字醒目地标示着——两个"全相合"结果。林音的两个兄弟与她的配型完全符合，这概率堪比中六合彩。

老甄的牙齿开始咯咯作响，他不得不紧紧咬着下颌，不说出一个字。好容易平静下来，他掏出电话打给女儿，话筒那头传来狂喜的尖叫。有钱，又有骨髓，这场战斗似乎快看到胜利的终点了。

老甄拿着化验单迫不及待地想冲回病房，却被我们拦下了。其实我们医生也有顾虑，想让他先跟林音的两兄弟沟通，现在不适合对林音把话说得太满。

老甄满口答应着，说妻子的父母都还健在，兄妹们之间过年过节也会经常走动，虽然关系不算亲厚，但他觉得问题不大，毕竟很多人还无偿给陌生人捐献骨髓呢。

当晚囡囡赶过来的时候，一家三口高兴地抱在一起。囡囡哭着笑出声，一直到病房该熄灯了，我都不忍心去打扰他们。当时的我只希望这难得的快乐能持续得久一点。

第二天的傍晚，我在办公室里第一次见到了与林音配型成功的林音大哥和三弟。我现在无论怎么努力也回想不起来他们的外貌，就是那种扔在人堆里就消失了的中年男性。当时两兄弟的表情严肃而凝重，并排坐在主治医生的对面，紧紧交叠着双手。我看他们都提着一口气，却谁也不愿意先开口。老甄搬了个凳子，自然而然地坐在我们旁边，紧张而期盼地注视着对面的兄弟俩。

现在捐献骨髓只需要打一针"动员针"，过程和献血差不了太多。但在当时，人们对捐献骨髓这事儿缺乏基础认知，大家提起都很恐惧，以为要在骨头上扎很多个眼儿把骨髓抽出来。兄弟俩仔细询问了骨髓移植的过程，尤其是捐献骨髓对身体的影响。

副作用肯定是有一点，比如头疼、骨头疼、感染等，但发生严重副作用的概率并不到1%。解释完以后，两兄弟却不说话了，关于姐妹的病情，他们也没有问起。办公室陷入了长久的沉默。

老甄抛出了最后一招："经济方面好说，不会让你们吃亏的。"

林音的大哥慢悠悠地发话了："提钱就见外了，谁不想救二妹呢，只不过兄妹里我年纪太大，不是最好的选择。"

话音刚落，三弟立刻回应："捐骨髓再安全也有万一，我的孩子可还没有成年呢！"

老甄忍不住了，噌的一声就蹿了起来。我们被吓了一跳，赶紧拦住激动的他，暗示他先让妻子的兄弟们考虑一下，但千万不要考虑太久，骨髓移植是有时机的，一旦错过，再无机会。

老甄收敛了焦躁的情绪，不断跟妻子的兄弟们道歉，给出的价格再次上涨。兄弟俩默契地都没有再提问题，一致表示要回家再好好考虑一下。老甄赶紧起身要送他们回去。二人急切地摆着手，匆匆离开，没有去探望近在咫尺的林音。老甄茫然地望着两个男人离去的方向，随后像一只被扎破的轮胎，慢慢瘫在凳子上，半天都不说话。

从那以后，我很久没在病房见到那两兄弟的身影。没人知道他们什么时候会再来，但所有人都知道他们的姐妹很快就要死去。

老甄变了，变得像患了躁狂抑郁症的患者。他有时烦躁，有时木呆，各种情绪说来就来。"唉，原以为两个都配型成功了是双保险，没想到却变成两个人踢皮球，早知道还不如只配型成功一个呢，那样无论如何也不好意思不救吧。"

　　我知道除了我，很多话他根本没有地方可以说。我只能无力地安慰他："这么大的事情，很多人一辈子也遇不到一次，认真考虑也是人之常情。毕竟是亲兄妹，总不忍心见死不救的。"

　　林音很少出来散步了，大部分时间都在床上躺着，两眼望着天花板，也不说话。我很怕她会问起我骨髓移植的问题，反复想了好几套说辞，都不满意。我连自己都骗不过去，又如何去安慰别人呢？只能尽量避免单独去她的病房。

　　奇怪的是林音从没有主动向我问起。很久以后我才慢慢体会到，人心有一个自我保护机制，当一件事情超过你的承受极限，会自动开启一个防护罩，把自己密密匝匝地罩在里面，不听、不看，也不说。

　　我们不敢再催促老甄，也不敢再提"移植时机一旦错过永不再来"。对老甄而言，妻子的兄弟们给的希望就像沙漏里的沙子，正以肉眼可见的速度流逝。公司的经营、妻子的病情、两兄弟的推脱，老甄像是把所有的风暴都拦在了病房外，回到林音床边时他总是尽量让自己显得温和而平静。

　　原本我以为这一切都会慢慢归于平静，没想到老甄表面波澜不惊，实际上内心早就酝酿了一场海啸。在大哥和三弟遥遥无期的"考虑"中，老甄做出了一个令所有人目瞪口呆的决定。

　　那天下午他走进办公室，非常平静，跟平时看上去并没有任何不同。结果走到我们面前时，他宣布自己可以放弃个人所有财产。他问我们是否有时间约兄弟俩再来谈一次，愿意捐献骨髓救林音的人，就能获得他的全部身家，并且可以在捐献前进行公证。

"如果他俩担心，我公司的法务部就有律师，可以一起过来证明。"

主治大夫告诉我，他工作这么多年，但凡丈夫患病，妻子往往不惜倾家荡产，有时连医生都会规劝家属，为自己和孩子今后的生活着想。但妻子生病了，丈夫愿意倾尽全力的，这比例要低得多。而老甄付出全部身家只是为了换取妻子的亲人们伸出援手。我忍不住猜测，这么一大笔飓风般的财富刮过来，这两兄弟会做何反应？

事实再次给了所有人一记响亮的耳光。这次大哥和三弟没有丝毫的犹疑，同一态度，明确拒绝！两个人甚至不愿意再到医院来谈一谈。在医生们听来，兄弟俩拒绝的理由有点可笑，但站在他们的角度似乎又无懈可击："你愿意舍弃那么多钱来补偿，说明风险肯定是天大的！"

老甄没想到自己破釜沉舟的决定，居然会将爱人置之死地。他不停地联系兄弟二人，但他们自从明确拒绝后，似乎心里不再有负担，反而有点骄傲自己"富贵不能移"，幸好没有因为贪图财富而上当受骗。

那段时间老甄经常在我面前自言自语，就像复读机一样："亲兄弟呀，怎么就能见死不救呢？是我害了林音吗？"确定事情再无挽回余地后，老甄一次又一次问自己："如果时间能重来，会不一样吗？"

我不知道该如何回应，只能劝他别想这些。但其实我也不知道，如果时间真的能重来，会不一样吗？

老甄由偏执多言渐渐变得木讷沉默，我和同事们也默契地不再提"移植"这两个字。林音从三人病房转移到了单人病房。单人病房设在血液科的角落里，来探视的亲友很少，总是很安静。老甄说林音小时候就要强，不愿意让别人看到她现在的样子。

血液科的单间很紧张，是给重病的人住的。林音最初入院的时候，女儿囡囡还吵着要多花钱住单间，后来就再也不提了。她在学校办理了休学手续，专心陪妈妈。老甄也不像以前那样在我夜班的时候拎着一袋消夜过来碎碎念。他辞退了护工，自己24小时陪护在妻子的身边。

林音越来越安静了，两只手从最初的苍白，到因为皮下出血而变得斑驳。我不忙时会去她的屋子里转一转，有时候甚至什么都不说，就是在那里坐一会儿，看看电视。

狭小的单人病房里有时能看到老甄在床头放一个水桶，帮爱人洗头发，或者囡囡帮妈妈化个淡妆，修饰一下苍白的皮肤。每到晚上，林音病床的一左一右会各支起一张床，一家三口并排躺着。老甄和女儿各自拉起林音的一只手，一家三口依偎在一起小声说话。他们没有半点怨念，说得最多的都是过去美好的回忆。毕竟对林音来说，有些事，无法再重来一遍了。

突然有一天我听到囡囡在病房外的走廊里歇斯底里地大叫："你们走！现在这个时候还来惺惺作态的干什么？早干什么去了？早就没有机会了，现在跑来假装圣人！"

听到吵闹声我跑出去一看，是林音的大哥和三弟来了，正被囡囡堵着不让进病房。见我们过来，两兄弟有些不好意思，互相对望了一眼。三弟说自己已经想好了，愿意捐献骨髓："之前把危险想得有点大。现在二姐这个样子，我们心里也……"

囡囡打断了三弟的话："现在已经没有机会了。"她继续大叫，"再也没有机会了！如果我妈妈死了，你们就是凶手！"

老甄问病床上的林音："要让他们进来看看吗？"

"没必要了吧。"林音气息微弱，淡淡地说。

老甄走出病房，把情绪失控的女儿拖到身后："大哥、三弟，你们回去吧，你们的考虑我能理解。但事已至此，就让她安安静静地走完最后一程吧。"大哥和三弟张张嘴，还想说什么，老甄无力地摆摆手，拖着囡囡转身回了病房。

兄弟二人驻足良久，满脸落寞，最终转身走向了电梯。他们有错吗？犯法吗？那一刻我说不出指责的话。但面对这种极端情况，每个人都能对自己的亲人伸出援手吗？我给不出答案。

当林音剩下的时间只能以天来计数的时候，我问老甄，如果到了那一天，要不要进行有创伤的抢救措施。老甄明白最后的日子就要来了。

"会很难看吗？"

"会多几个管子，能延长生命，但是治不了她的病。"

"那就不做了，她一辈子要强、爱漂亮，不能让她全身插满管子。"

最后的时刻老甄请求我们不要打扰。我请示领导同意后，指着监护仪最上面那一条波浪线告诉他："如果这个变成一条直线……"

"明白，早就学会看监护仪了。"他没有让我说下去。

林音走得很平静，老甄和囡囡一左一右拉着她的手，在她耳边轻轻说："下辈子还要做一家人。"

据说在人的所有感官里最后消失的是听觉，我相信她一定听到了。

我没敢进去，机械地在办公室里写病历，托同事去病房里帮我做最后的送行。这家人我倾注了太多感情，我怕自己承受不了告别的场面。毕竟医生跟着家属一起哭，在我看来是件挺丢脸的事。

大哥和三弟也在最后时刻赶来了，瑟缩在病房门口，不敢进去。囡囡像只豹子一跃而起："我恨你们一辈子！"

我闻声赶来，一把将囡囡揽入怀中："你要好好的，妈妈此刻还在天上看着你呢。"囡囡倒在我的肩头，泪水打湿了我的白大衣。

沙漏漏完了可以翻过来重新开始，潮水退去了第二天又会涨起，而生命只能朝着一个方向流逝。没有如果，也不能重来。

林音去世一个月后，我再次见到了老甄。他递给我一个iPad，里面装着一段视频——那是林音短暂却美好的一生。

告别仪式上都是她生前最爱的白色鲜花，还有老甄精心挑选的静谧的安葬之地。直到去世前一刻，林音还留着那头短发，乌黑浓密，老甄帮她打理得很好。

极少有家属在病人去世以后还会特意回来看医生。对于老甄的到来，我有点意外，又觉得也算意料之中。

　　当初他在医院，那些没法和下属说、不能和妻子说，也不便和女儿说的话，只能讲给我听。或许这次过来也是想和那时的医院夜谈一样，能在无人的时刻，对我倾诉些什么。

　　果然，他开口了，只是和以往不同，他丝毫没有提起妻子的病情或者再重来一次的奢望。

　　他只是对我说："医生，你看看林音走的时候的样子，很美。"

铁窗病房

在医院轮岗时，六楼的烧伤科是我最不喜欢的科室。除了要面对鲜血淋漓或烧得黑紫的皮肤，还和护士一样要每天护理病人，工作量巨大，其他医生都不太愿意上来。

这里还有太多令我绝望的事情。曾经有一个重度烧伤患者，入院后顺利抢救了过来，但当家属看到第一天就花掉了5000元，以后还要花费更多的医疗费的时候，他们找我商量，能不能让患者出院。我不能强行让患者住院，眼看着直系亲属签下自动出院同意书，带患者回了家。看着手中的同意书，我知道这个患者已经被家属放弃了。

第一次见到霍明的家属时，我以为又是这样。那天，抢救室外等着一群人。被抢救的霍明是重度烧伤患者，我告诉家属：

"情况很危险，要做好心理准备。"

这时，一位双鬓斑白的中年男人走过来，他是霍明的舅舅，身上还穿着化工厂的工作服："医生，费用要多少啊？救得回来吗？"

"生存率比较低，后续治疗几十万应该要的。"见过太多人放弃，我回答的语气有些生硬。

"医保会报销吗？我外甥还有工伤保险。"他问。

我只能回答说，烧伤患者所用的很多药物、器械无法报销或者报销比例很低。

霍明的舅舅说要商量。走廊上人来人往，我不清楚他们在说什么，只依稀听到"放弃""拖回家""钱不够"。人群中有两个女人——霍明的有点驼背的母亲和身材矮小、皮肤黝黑的妻子。

几分钟后，霍明的母亲含着泪走过来，她用力地拉我的衣服："医生，我老头子死得早。儿子如果没了，这个家也就没了。你救他就是救我们全家！"霍明的妻子也坚定地看着我："我们砸锅卖铁也要救。"

听到她们表态，我没有立刻相信，但心里有点欣慰，我希望霍明活下去，毕竟，他是我和同事冒风险救回来的。

2018年春节，市郊爆竹厂突然爆炸。伤员像地毯一样，铺满了我们这所小医院烧伤科的整条走廊。烧伤科平均一年只接纳300名患者就诊，且大多不是重度伤员，爆炸发生得太突然，我被临时调到烧伤科帮忙。

上午11点，烧伤科的走廊上一片混乱。我走进科里，急诊医生朝我跑来："霍明，男，46岁……马上通知麻醉师来插管。"

还没到霍明身前，我就闻到一股烧焦味。走近一看，他的嘴上下开合，整张脸被烧得完全看不出原貌，到处是露珠般的水疱。站在无影灯下，我发现霍明的手指被烧得粘连在一起，胸膛和小臂的皮肤甚至泛着蜡白色。除了小腿，他全身几乎都有烧伤。

这是个重度烧伤患者，而我只是个烧伤科"菜鸟"。当初在烧伤科轮岗完，主任让我在普外和烧伤二选一，我果断选了普外。现在，突然和同事老李单独处理这么重的患者，我俩心里都没底。老李换手套的时候手有点发抖，尺码都拿错了。

烧伤患者的死亡速度快，大部分不是死于急性感染，而是窒息。此时，我最怕的就是霍明的呼吸音减弱，再慢慢地衰竭。只有插管，他才有活下来的希望。然而主任和麻醉师迟迟不来，没独立做过气管切开术的我，紧张得手足无措。

我低头跟老李说："今天可难办了哦，你气管切开术咋样？我先说好，我还没学会，只能给你打下手。"

老李手上不停，回答："没单独做过，你也别指望我，还是指望患者多扛点时间吧。"

"患者呼吸衰竭了怎么办？"我加紧换药，轻轻说。

老李不说话。

我沉默了一会儿："如果等下呼吸衰竭了，咱俩得给他做气管切开术。"

"你疯了！"老李提醒我，曾经有一个重度烧伤的患者，就是在做气管切开术的过程中死亡的。

"要不然就看着他在这里死？"我有点激动，"你又不是不知道，抢救时间多宝贵，主任没来，我们只能硬着头皮做。手上死了个人，你也知道多麻烦。"

我实在不想对家属说出"对不起，我们尽力了，请你们带患者回家看最后一面吧"这种很无力的话。

我们拼命往霍明身上倒生理盐水，希望把紧紧粘在皮肉上的衣服撕下来。听着他的呻吟，我的内心很恐惧，但更怕连这点呻吟都听不见。我不停地和霍明说话，希望他保持住意识。一会儿的工夫，我的额头、手臂、后背都被汗水浸湿了。

霍明的左手手指已经完全被烧熔，没救了。右手的手指粘得很紧，我们想尽力保护这五根手指的功能。涂药润滑，把他右手手指一根根分离。有的地方就只能用剪刀、血管钳暴力分开。

霍明在跟时间赛跑，我和老李也是。霍明随时可能因为吸不上一口气而死。我希望赶紧过来一个人，哪怕一个上级医生，都会让我的压力小很多。当他们终于赶过来，我如释重负地呼出一口气。抬头看下时间，才过了十几分钟，可我好像熬过了一个世纪。门外面传来哭声，霍明的母亲不停地呢喃着"阿弥陀佛，阿弥陀佛"。

重度烧伤的患者，有三关要闯：第一关，保住命；第二关，保护创面，让他的生命体征相对平稳，防止各种休克；第三关，尽量减少并发症，平稳过渡到出院，整形受损的皮肤创面。现在霍明的命算是保住了。可第二关和第三关更难闯。

　　我们把暂时保住命的霍明送入重度烧伤病房。主任给家属交代病情，霍明的母亲和妻子双手合十，一直说谢谢。显然，她们还没有意识到，更大的挑战在后面，多数烧伤病人可以保住命，却是在后两关倒下的。

　　我让护士教他们穿隔离衣，讲解护理措施。听护士说霍明得一直躺在床上不能动弹，有家属问："平常的大小便怎么办？"

　　"我们会给他插尿管，大便需要家属尽量擦干净。无论如何患者都不能下床。平常要给他翻翻背，要不然背部也会烂。"

　　家属们的表情立马变得很嫌弃，尤其是霍明的舅舅。他埋怨："这些事不是护士来做吗？"

　　"科里有几十个患者，不可能给每个人配一个护士。家属要是觉得麻烦，可以请护工，也可以轮班照顾。"我耐心解释。

　　"我今天翘班来已经被扣钱了，不可能天天来这里照顾，我五大三粗的，从来不会照顾人。"

　　其他人跟着表态："那怎么行，我还要送孩子上学""我家里还有农活没做"。

　　霍明的妻子和母亲没表露任何不满情绪，母亲在默默地流泪，妻子朝我重重地点头："就我们两个人照顾，不用请护工，又贵又不仔细。"

　　妻子转头拉着护士到心电监护仪旁，一个一个地问仪器上数字的含义。母亲也蹲在一旁，认真听着。吵闹的家属们安静下来，脸上堆着"辛苦了"的表情，用怜悯的眼神看着她们。

　　无论家属对患者是不管不顾，还是不离不弃，我都见得多了，也麻木了，因为能坚持到最后的寥寥无几。在我们医院，60%

的重度烧伤患者都会死亡。有些患者并不是痊愈才出院的，他们的生死是患者和家属做出的选择。

　　烧伤患者都有漫长的恢复期，任何一点偏差都可能前功尽弃。同事老李曾经有一个患者，面部烧伤很严重。虽然经过整容修复，还是无法承受这份落差，又来看精神科开药。烧伤科的医生能够救治创伤，却无法陪伴病人走过后面的路。

　　主任离开后，我得空仔细观察了这家人。霍明的妻子和母亲的裤脚上还沾着泥，穿的是下田的套鞋。她们的经济条件很可能无力支撑后续的治疗费用；知识背景方面，看样子也很难帮霍明完成心理创伤的修复。到时霍明会怎么样？他会被拉回家等死吗？我不敢想下去。

　　当晚我值完夜班，返回烧伤科看霍明。他住的重度烧伤病房只能容纳两个患者，里面除了配有消毒仪器、急救药物，最特殊的是——没有任何锐器，还安装了防盗窗。这里几乎是我们医院的"牢房"。防盗窗不为防贼，锐器也不只是担心意外，最主要的目的是：防止有行动力的患者自杀。患者在医院自杀的原因有很多：治疗的痛苦、逐渐减弱的求生意志。当然，还有钱。不久前，烧伤科的一个患者忍受不了术后的疼痛，趁家属半夜熟睡，从窗户跳了下去。从此以后，重度烧伤者的病房就有了"铁窗"。

　　我走进"牢房"，霍明正在安静地睡觉。他母亲蹲在一旁用湿毛巾给他擦拭尿管。妻子弯着腰用棉签沾水湿润他的嘴唇。看到我进来，霍明的妻子对我轻轻笑了一下，顺手把刚用过的棉签放回包装袋。

"棉签没有了去找护士要，重复用容易感染的。"知道她们是想省钱，我小声说。我把口袋里的几包棉签交给霍明母亲，老太太有点不好意思，想退给我。我猜她是怕收钱，便宽慰她："不要钱，这些小东西你问护士要，她们不会跟你斤斤计较的。"

这是霍明入院的第一晚，如果不是注射了止痛药，他会痛得整夜睡不着。见霍明被照顾得很好，我回到办公室。没过多久，外面传来护士急促的呼叫声。我一出去就看到霍明的母亲在呼救："我们控制不住他了！"

半个小时前，霍明清醒过来，他对妻子说自己"人不人鬼不鬼"，手不停地朝插管的位置挥舞，嘴里发出尖细的声音："给我拔掉，我要拔掉。"

剧烈的疼痛让他崩溃了。很多人都有被热水烫伤的经历。如果尝试将这份疼痛延长很多天，放大数百倍，大概就是霍明正在经历的痛苦。护士和家属都想按住他的手脚，又不敢用力，怕伤到他。最后注射了"安定针"才让霍明安静下来。

第二天早上，霍明还在哭闹，不断地呻吟说："想死。"

"你安静点，医生肯定会救你，让你跟以前一样，你不要总是说想死。"霍明的妻子不断安慰他。

霍明的求生意识已经很低了，走出病房时，主任开始嘱咐我："如果患者狂躁得厉害，跟家属交代病情，你就往严重了说。"

我明白主任的用意。像霍明这样的重度患者，一旦出现狂躁、自杀迹象，医生就得给家属打"预防针"，让他们心里有个底。否则患者出了事，家属会把责任都推给院方。我们是民营医院，没了口碑，损失会很严重。

霍明的情况确实很危险，他的胸部CT提示支气管炎，肺部纹理增粗、增多，如果是正常人，这可能只是感冒，但是对烧伤患者来说，这就是气管损伤。这种时候哪怕脱落一点物质都容易引起窒息。现在关键的是，我们要防止他因为疼痛难忍扯断管子。

那几天阴雨连绵，入院的烧伤患者少了很多。晚上11点，护士上气不接下气地来找我："王医生，你快起来看看，霍明把金属管拔掉了！"

我吓了一跳，赶紧爬起来："怎么可能！"之前我专门用针和胶布固定了金属管，他的手脚都被布绑住了。

来到病房，就听到霍明在说："反正我活着也没有用了，还不如我死了，都高兴。"

我以为是家属说了什么话，让霍明受到了刺激，却见到他的母亲一边擦泪，一边急得来回走动；妻子陪伴在霍明身边，也在用尽所有积极的话语安抚他。后来我了解到，霍明如此激动是因为那天堂哥在和别人视频聊天时不小心让霍明看到了自己被烧伤的样子。另外，他拔管的另一个诱因也可能是钱。

的确，进了医院，钱不像钱，像纸。他妻子曾经私下找我："王医生，能省掉的药咱就不用。行吗？"她把亲戚都借遍了，乡下的小卖铺也在转手，可治疗费还是凑不够。

霍明换药的材料费、预防感染的进口抗菌药物、营养液、重症病床费，每天要花几千元。虽然我给他减少了一些辅助药物，但还是杯水车薪。危及生命的烧伤治疗复杂，也不能什么药物都停。霍明拖欠了一两万的费用，护士去催了几次，我也找过他的妻子："如果再拖欠，估计会慢慢停药了。"

霍明的治疗费不知道该找谁负责，不仅治病的钱没着落，他家人连吃饭都成了问题。住院不到一个月，他母亲和妻子的早饭就是粥加免费咸菜，中午在食堂打8块钱快餐。再往后，他们开始自带萝卜拌饭。霍明的母亲一个人看护时，干脆连中饭都不吃。我和护士看不过去，送了她饼干和面包凑合。

即使这样，他们也没想过放弃霍明。她们自己苦，但对霍明极上心。有一次我说要给霍明喂肉汤，最好天天喝。她们自己天天吃素菜，但一顿都没给霍明落下。霍明这次成功拔掉了管子，也是因为母亲心疼儿子难受，松开了绑住他的布条。

主任凌晨被折腾来医院，很生气："一个重度烧伤、四肢被绑在床上的患者，你们看不住？你们要是什么都想依赖医生、护士，还是明早转院吧，这庙小伺候不了。"

霍明的母亲想跪下，被护士一把扶住："都怪我。他一直喊手脚难受，我真没想到他会拔管子，寻短见啊！"

老太太当着所有人的面求主任："只有这家医院会救我们了，我保证不会有下次，以后都听话。求你救救我的小孩吧！"

主任不好继续发火，但私下吩咐我：我们是在对霍明尽人道主义救助，如果再出事，就直接让他们转院吧。

这个时候除了霍明的妻子和母亲，没人相信他能走出来。

霍明住院期间，我曾经建议他妻子发起网上众筹，并表示愿意帮忙，没想到，被他妻子拒绝了。我之前见过太多令人失望的选择，有一瞬间怀疑她是不是也要放弃自己的丈夫了？毕竟霍明已经失去了求生意志，也失去了劳动能力。但我很快决定相信霍明的妻子，这些天来我看得出她是付出最多的那个人。如果她都无法相信，我还能相信谁的家属呢？

一个礼拜后，医院组织多科室专家一起会诊霍明。原来院长和主任已经得到市里的通知：政府向各家医院承诺，承担爆竹厂受害者的治疗费。霍明的妻子拒绝上网众筹，是担心把事情闹大会影响政府的资助。医院想尽快治好霍明，展示民营医院也有公立医院那样的实力。

医药费有了着落，病情也有缓解，霍明变得越来越配合了。

有一阵子，霍明是我手上最麻烦的患者。换药时只要把他的绷带拆开，他就号叫。我只能用轻得不能再轻的动作，比对别人温柔十倍的语气来哄他。给他换药有时候比给小孩换药还要累。更让我觉得头疼的是他经常故意扯掉监护仪的电极片。护士怎么解释都没用，霍明只是喊痛，装作听不见。烧伤病人的心态特殊，霍明的奇怪行为不是个案，不仅折腾医生护士，也在消耗家属的耐心。

这一次专家会诊，大家认为霍明病情比较乐观。四天后，CT显示霍明双侧肺部和支气管已经恢复得差不多了。我在主任的指导下给霍明进行堵管试验，为了检测霍明拔除置管后是否会呼吸困难。观察两天，一切如常，他终于可以拔管了。

我跟霍明嘱咐："尽量少说话，雾化不能停，食物要多吃有营养的。"霍明不说话，只是轻轻点头。

一切都在好起来。

霍明住院三个月后，有一次我去病房看他，正赶上霍明旁边的病友和自己的家人起了摩擦。隔壁床病友的烧伤程度较轻，但家属早就失去了耐心。那个患者的呼吸道受损，咽不下去家属准备的米饭，想吃点粥。病友的妻子没好气地说："去哪里给你弄稀饭，你这短命的。"烧伤病人的护理极需耐心，这个家属显然已经到了崩溃的边缘。

这时还是霍明的妻子在一旁劝说，告诉病友的家属，自己知道医院外面有一家卖稀饭的小店，味道不错，可以带她去。病友的家属没好意思继续骂下去。

我见过很多烧伤患者的家属，最多坚持一个月就要喊护工帮忙，很少有像霍明的妻子这样亲自照顾了三个月还非常有耐心。我愈发觉得霍明的妻子对霍明的重要。她从来没有显示出厌恶的情绪，就像才来医院照顾了几天。别的患者插上尿管不到一个星期，管子表面就会有很明显的污垢，可霍明的尿管肉眼看都是干净的，要不是怕有尿路感染，他的尿管都不用换。

好几次值夜班，凌晨两三点我还能看到霍明的妻子跟他说着我听不懂的家乡话，语气很温柔。他们聊生活里的趣事，给霍明打气。霍明的妻子还常举着手机给他看女儿在大学的视频、照片。怕影响女儿的学业，霍明的妻子还没把丈夫的伤告诉女儿。

霍明的状态在好转。我终于越来越确定，霍明的妻子不会放弃他。

有一回我和老李给霍明换完药，他笑着对我们说最近天气热，从老家带了西瓜，问我们吃不吃。我有些惊讶，能够想吃东西意味着他真的活过来了。

他开始和我聊天，会开些无伤大雅的玩笑。后来，霍明甚至会调侃自己，说以后走夜路都不怕抢劫了！我看他笑起来，脸上被烧得坑坑洼洼，像个鬼脸，却在上面看到了活下去的希望。

在霍明慢慢站起来的时候，我们所有人都忽视了他的妻子在承受着什么。有一次我值夜班，霍明的妻子突然来办公室找我说话，还拿出家里的合影给我看。那时候的霍明还年轻，怀里抱着刚上幼儿园的女儿，妻子站在身旁，他笑得不晓得有多开心。霍明原来的面相给人聪明却本分的感觉，头发乌黑，眼睛滚圆，是很耐看的男人。

"你看他以前长得多聪明啊。"霍明的妻子对我说。

被烧伤后，他的头发都没了，整个脸肿得滚圆，眼睛只剩一条缝，和之前判若两人了。

一直以来我感觉到的都是霍明的妻子的坚强，除了当初在急救室外她看起来弱小和无助，之后霍明的治疗中的许多问话，第一个回答我的都是她；她也会主动问我问题，比如：霍明这块创面有点红，这是在变好还是变坏？

直到这天拿着过去的照片，她才淡淡地说了一句："其实我心里的落差是很大的。"这些话她却不能对别人讲。我这才意识到她并没有看上去那么坚强和乐观，是强撑着走下来的。她照顾丈夫和婆婆，为了不耽误女儿的学业，还在费心瞒着女儿。她扛起了很多。

多亏了妻子和母亲的陪伴，霍明的病情才逐渐稳定，连心电监护仪都撤了，护理级别也从特级护理改成二级。对我来说，只要看着患者一天天好转，比听到任何感谢的话都要开心。

　　接下来发生的情况让人猝不及防。因为我的疏忽竟将霍明再次推到了死亡边缘。

　　一天早上查房，我发现霍明神情恍惚，嘴唇干皱苍白。虽然这几天给他喝了很多汤水，但没什么用，他的尿量反而在减少。从头天白天到现在就一小瓶，才300毫升。

　　我连忙给霍明查体听诊，心脏和肺部都还好，不像衰竭。发现他的脚肿得厉害，妻子说自从把绑带撤掉，他们就没怎么关注脚了。霍明的低哑声音响起："王医生，一开始我也没在意，这四五天才感觉越来越肿。"

　　我叫护士给霍明急诊查生化全套，测血压，发现血压偏低，有可能是体内失血。我赶紧让护士给霍明上心电监护仪，吸氧。霍明体内缺氧，尽管还没到重度缺氧的标准，但这情况持续下去他可能很快就死在病床上。

　　看到霍明的血常规结果，我大吃一惊。血红蛋白低于正常人的三分之一，重度贫血。我十分不解，这段时间他没有表现出贫血症状。

　　主任发现护胃药只用了三天，他质问我："为什么不用久一点？"

　　"当初我考虑霍明没有恶心呕吐等应激性溃疡症状，也没有胃病史，家属那时也没得到政府的免费治疗，私下找我想少开点药减轻负担，我就把护胃药物停了。"

主任看了我一眼说："这应该是当初应激性溃疡导致的慢性贫血，今天低血容量性休克引发了肾衰竭。"我心中一震，来不及道歉，主任已经在指示我急救了。

霍明闭着眼睛萎靡地问："王医生，我是不是要死了？"

我说："不会，你还有希望！"

霍明看了看妻子，又转了一点点头，隔着玻璃看了看在外面拄着拐杖踱步的母亲。最后，他朝我微弱地点头，不说话了。

妻子站在病床边一只手紧握着霍明，另一只手拿着热毛巾擦拭他的脸，湿润嘴巴。我注意到她可能想说些什么，却始终没张开口。她没再给霍明擦脸，而是把热毛巾举起来盖着自己的脸。她不想让霍明看到自己流泪，更不想让自己呜咽的声音漏出来。

当天下午，霍明的病情突然加重。肾脏、心脏、胃部都出现严重问题，有了休克症状。主任决定让霍明转院，去省烧伤医院抢救。主任跟家属说："只有转院才可能救霍明一命。你们尽快讨论，不要耽误太多时间。"

霍明的母亲一只手拄着拐杖，另一只手握着门把手连问主任三遍："去省里霍明就可以活吗？"

主任说："有50%的机会能救活。但如果留在这里，只能等1%的奇迹。"

"要不算了吧。以前一百四五十斤的人，一天吃五碗饭。你看现在身上哪还有一块好肉。"霍明的舅舅声音悲切，"让他这样子继续煎熬还不如早点安安乐乐地走掉。"

堂哥也在劝霍明的妻子放弃："政府补贴的是治疗钱，照顾他日常生活的钱都是咱们自己出的。以后你和婶子、侄女怎么办？"

霍明的母亲生气了，老太太挥舞着拐杖去打他们的腿。办公室里，霍明的家属互相推搡着，大家用方言争吵起来。有女人对霍明的妻子说："你就听我的话，就在这听天由命，看霍明能不能挺过来。"

我在一旁沉默地看着。我只对霍明的妻子、母亲以及堂哥有印象，其他人这几个月都没怎么来过，但在这种关键时刻他们却一个个冲在前面，仿佛自己付出了很多。

霍明的妻子一直平静地听完所有人的意见，然后走到主任桌前宣布："我和霍明去省里。"

直到这一步她依然选择不放弃。霍明的妻子长得矮小，挤在人群中甚至毫无存在感，但此时她的身上仿佛有一股力量。

当天下午我把材料带好，坐上救护车送霍明去省烧伤医院。我虽然经历过很多次送患者转院，但是面对霍明时我有一种心酸的情绪弥漫在心中，始终挥之不去。霍明和他的妻子、母亲改变了我。他们让我对重度烧伤患者以后的生活不再那么悲观。然而就在这个家庭开始变好的时候我却伤害了他们。

我心里有愧，不敢和霍明的妻子交流。我把精力都放到了霍明身上。我不停地喊他的名字。一手掐他的手臂、脸蛋，一手给他抓好氧气袋，希望他不要昏睡过去，哪怕是胡言乱语几句，都是希望。

一路上，妻子和母亲握着霍明的双手不放，他妻子的眼眶红红的，但依然保持着平静。

而我一直在想，如果我当时没有因为家属的恳求停止护胃的药；如果留意霍明吃饭没胃口，及时给他复查胃镜；如果我复查他的血常规和血生化的时候不觉得轻度异常是重度烧伤的生理改变；如果我可以多注意一下他的并发症……很多事情，没有如果。

到达省医院，与霍明告别前，我回头看了一眼。弯腰驼背的老太太拄着拐杖守在推车旁，霍明的妻子拿着生活用品呆呆地听接班医生的指示。我不敢再看下去。救护车司机在外面喊我上车，我只能疲惫地坐上救护车原路返回。

后来，我也曾打过电话随诊，开始还有人接，后来就没人回应了。我想，霍明大概没扛住，已经走了。

几个月后我从烧伤回到普外科。对于嘈杂、患者繁多的烧伤科，我没有什么留恋。只是每次接待患者我总会想起霍明，想起他妻子和母亲泪流满面，孤立无援地站在病房外的情景。我会再审视自己的诊断和治疗，不想让自己再次体验那种遗憾、内疚、后悔。

一天上班我接到一个外地号码打来的电话："您好，王医生，我是霍明的家属，我们要出院了，要到您这儿拿材料报销，明天您有空吗？"

我猛地一惊，急忙问："霍明好了？"

一个气质恬静的女孩来到办公室。她单眼皮鹅蛋脸，长得有点像年轻时候的霍明。当初抢救霍明时，我曾在他手机锁屏页面上见过这女孩。她就是霍明的女儿。

她说父亲现在已经回到老家休养去了，她留下来处理报销的事。我把抽屉里准备好的材料交给她，嘱咐她千万不能弄丢。办公室里很安静，我给女孩倒了杯茶，请她坐下，以随诊的理由询问霍明是怎么闯过这最后一关的。

她慢慢地喝了一口茶，叹了口气："我爸真的吃了很多苦，在那边住了几天ICU，病危通知书下了一沓。"

后来霍明病情逐渐稳定下来，他女儿办了休学照顾他。从禁食、流食、半流食，到正常饮食，一步步康复。省医院看霍明恢复得蛮好，还给他植了皮。"你要是看到我爸的手掌和头，肯定会觉得判若两人。"她越说越兴奋，一次性水杯都被她的手压瘪了。

霍明出院时，医生说霍明整形的禁忌证不明显，还有整形的希望。如果在家调养得不错，身体有100多斤了就可以做微整手术。

"我爸听到这句话特别开心，那天午饭都多吃了一碗。"

爆竹厂烧伤的工人由政府提供免费救治，还会得到一笔补偿用于整形。为了他们重新择业，还有人教他们养蚕。霍明正在努力学习养蚕的知识。

"如果没有你们的努力，可能我爸早就走了。"

那天我终于还是没能把抱歉说出口。但我决定下次去看霍明时，要亲口对他说出那句"对不起"。

窗外的天阴沉沉的，风吹在我的身上，脸和脖颈上有点发热。我忽然想起一句话："起风了，唯有努力生存。"

我看过上千张患者的脸

我在口腔科工作快6年了，所在的小组每周有4到6台手术。算下来，我已经做了上千台手术，看过上千张患者的脸。说实话，我记不住他们的容貌，除非他们告诉我具体在脸上哪个位置患过病。

但有一位叫刘愿的小伙子，我无法忘记他的容貌。

第一次在病房见面，他右半边脸肿得很严重，颧骨和眼睛周围的皮肤已经变成了深紫色。从眼角延伸到耳朵前，有一条7厘米长的伤口，结了薄薄一层血痂。因为他皮肤白，脸上的淤血和伤口特别清晰。

那天是周一，上午7点30分，护士过来打招呼，通知我周末收了一个急诊患者。一大早就有活等着，让人打不起精神。我低着头走出办公室，边走边在心里想着这周已经排得满满当当的工作日程。我们口腔科周末来不了多少患者，因为急诊不多，也很少有患者的病情严重到非要周末住院。正在猜测这个急诊的情况，主任在后面拍了一下我的肩膀："新收了个外伤的小伙子，等会儿查房，咱们看看。"

到小伙子的病房时，他正坐在病床上拿着手掌大小的化妆镜，仔细观察着脸上的伤，对我们的到来没什么反应。

来口腔科的患者，不少都是受外伤，或长了面部肿瘤，或有感染的。手术做好了，满脸缠着绷带；还没做手术的，脸上青一块紫一块。这个小伙子看上去很注意形象，昨天刚紧急缝合了伤口，今天一大早他不仅认真洗了脸，还打理过头发。

小伙子叫刘愿，不到30岁，约莫一米七五的个子，偏瘦，长得白白净净。谈不上英俊，但看着比实际年龄小，估计平时比较注意保养。因为车祸，他的右脸满是伤，肿得像个皮球。拍片发现颧弓骨折，被安排住院，等候进一步治疗。

我摸了摸他的脸，能明显感受到侧脸的骨折痕迹。让他张嘴，发现牙咬不上了，骨头已经移位。为了观察是否感染，我揭掉了一部分血痂。刘愿可能有点疼，皱了皱眉。但他刚检查完，第一件事又是拿起化妆镜反复观察自己的脸。

他的声音轻柔，带点东北口音，说话时躲着我的眼神，看着比较内向。我感觉他有点怪，因为面对这么多大夫，他最关心的不是病情而是照镜子。

当天中午，办公室的电话突然响了，是检验科打来的。同事通知我，刘愿验血结果是艾滋病阳性，要再抽一次血加急复查。我差点骂出声来："这人得了艾滋病也不告诉大夫，坑人啊！"

放下电话，我快速回忆早上给刘愿检查伤口时有没有蹭到他的血或分泌物，想了半天也想不出个头绪，就去洗了个手，算是平复一下心情。突然想起周末给刘愿缝合伤口的急诊大夫还不知道情况，赶紧打电话告诉他。

"你逗我的吧！"同事根本不相信。我重复了好几遍检验科的结果，电话那边沉默了。等同事回过神来，说了一句："我赶紧去查查。"电话挂断。

下午，刘愿的复查结果出来了，依然是艾滋病阳性。主任把情况通知给科里的大夫、护士，提醒大家注意职业暴露。现场一片哗然。

"他自己知不知道啊？要是隐瞒病史就太过分了，不拿大夫的命当回事。"

刘愿被叫到办公室，主任板着脸坐着，我们几个大夫站在主任身后。主任把检查报告放在桌上，推到刘愿面前。他低头看了眼，表情平静，好像并不在意里面的结果，把检查报告推了回来，抬头看着主任。

"知道自己有这个病吗？"主任严肃地问。他点了点头，没有说话。

"谁问的病史？这都没问出来！"主任扭过头，冲着我们几个吼。

"他没说啊。"我赶紧解释。

"为什么不跟我们说！"主任冲刘愿发火，"隐瞒病史会有严重后果。你这是拿自己的健康、别人的健康开玩笑！"

刘愿始终没什么反应，独自坐在对面安静地听着主任批评。

主任把检查报告狠狠摔在刘愿面前："给你缝合的大夫都去抽血检查了，真要是出了事，谁负责！"

"我怕告诉了你们，就不让我住院了。"刘愿终于开口，但声音小到几乎听不见，看得出他自知理亏，"已经快好了，没事的。"

担心出意外，我们把和刘愿住一起的患者安排到其他病房，借口说刘愿脸上的伤怕感染，所以让他自己住。

第二天早晨查房，我见到了刘愿的母亲，一个操着纯正东北腔的阿姨。从她偏暗的肤色和粗糙的双手猜测，应该是务农为生。我们刚进屋，她就拉着主任的手一个劲道谢。

在办公室，刘愿的母亲开门见山："儿子得了啥病我知道，住院的时候没跟你们说，这个确实是我们的不对。怕你们不给治啊。"她给我们鞠躬，又回头招呼刘愿，让他一起道歉。

"道歉有什么用，真要是出了事你负责啊。"我们组一个大夫嘟囔着。

主任的性格是吃软不吃硬，看他们鞠躬，语气变柔和了，询问是否接受过治疗。

刘愿低声回答："在传染病医院治了一段时间，已经稳定了。"

"那就先查吧。联系传染病医院，了解患者在那儿的情况，"主任也不确定刘愿是否能在我们科顺利治疗，"可能的话，让传染病医院的人来会诊，评估一下能不能做骨折复位手术。"

"主任，一定要给我做手术！"刘愿突然提高了声音，已经习惯了他的轻声细语，我被吓得一愣，不禁看了他一眼。

刘愿来我们科这两天，要么低头，要么盯着化妆镜看半天。我不明白他为何反应如此强烈，坚持做风险极高的手术。艾滋病患者的免疫力差，如果因为手术而发生感染，最严重的情况可能是命都保不住。以前我们科来过一个得梅毒的患者，了解手术风险后，他宁愿吃消炎药扛着也不动手术。

刘愿的免疫指标要几天后才出结果，他在传染病医院的主治大夫休假，短时间内我们也得不出结论。

刚住院时，刘愿的右脸肿得像个深色皮球。踏实休息了几天，"皮球"瘪了下来，基本消肿。颧弓的骨折可以清楚看到，他右侧的面颊就像一座断了的大桥。消肿以后他应该没有其他不舒服的地方了。我比较担心的是，因为骨骼位移，他的牙齿还咬不上。

刘愿关心的方向和我不同。他发现脸上的皮肤不再是深紫色，也稍稍对称了一点，虽然还无法正常吃饭喝水，但是整个人变得开朗了许多。刚住院时他天天窝在病房里不出来，现在会到楼道里溜达，主动跟我们聊天。刘愿讲打工的见闻，内容平淡无奇甚至琐碎，但东北话自带喜感。我们不像刚得知他隐瞒病史时那么反感他，还有点喜欢听他说话。只是有关艾滋病的问题，他始终讳莫如深。

虽然聊天很愉快，但刘愿总追着我们问："什么时候能做手术？"

刚开始我们会耐心解释：做手术取决于检查结果。他还是不停追问，我们就不太敢找他聊天了。在楼道里碰到他会躲着走，实在不耐烦，还会数落他两句。他不还嘴，只是讪讪地走开。

后来刘愿不想自讨没趣，就很少来找我们了。倒是他的母亲总来询问情况，有时会闲聊几句。

"我儿子喜欢男的。"和我们混熟后，刘愿的母亲聊起了家事，语气还算平静。

"就是嘛，我就觉得奇怪，白白净净，说话细声细气的。"
"那天送他来的那个男的，没准就是他相好的。"同事们小声议论着，我赶紧用眼神制止。

刘愿的母亲表情有一些不自然，她说："就应该早早让他回家。"语气里满是后悔。

他们家经济条件不好。刘愿读完初中就上不起学了，跟着老乡出去打工。后来在北京安顿下来，每个月往家里寄不少钱。

"那时候，村里都拿他当榜样，我和他爸特别骄傲。"刘愿的母亲开心地回忆着往事。年纪渐长，村里的同辈基本都谈婚论嫁了，长辈们也都抱上了孙子。她坐不住了，一次次给刘愿张罗相亲。刘愿被逼急了，干脆过年都不回家，跟家里说春节加班工资高，要留在北京。

村子里的人在背后议论纷纷，有的说他是同性恋，有的说他"那方面不行"，甚至还有人说他在北京从事特殊行业被几个富婆包养。父亲打电话骂他，说再不结婚就不认这个儿子，他干脆和家人断了联系。直到一天晚上，刘愿突然打电话回家，让母亲独自来北京。他告诉母亲，自己可能活不了太久了。

说到这里，刘愿的母亲哭了。我有点后悔问她这些问题，连忙道歉。她擦掉眼泪："没事，我也找不到人说这些话，说出来能轻松点。"

不出所料，刘愿期待的手术，并不能进行。

传染病医院的大夫来会诊，介绍了详细病情：刘愿半年前看过他的门诊，当时的情况很差，免疫方面的指标比很多艾滋病患者都要低，应该是发现感染比较晚耽误了病情。在传染病医院治疗了一段时间后，刘愿的病情算是稳定下来，但已经出现脑膜炎、脑部积液的症状。这位大夫当时判断刘愿还能活半年到一年。知道自己时日无多，刘愿拿着药出院了。

"手术想都不要想，完全是作死。"传染病医院的大夫警告。最新的检验结果也佐证了这一点，负责免疫功能的CD4细胞，不足正常值下限的三分之一。

"你又没说实话，这是第二次了。"主任再次发火，"你有可能死在手术台上！"

刘愿盯着主任："死在手术台上我也认了。"

道理讲不通，主任叫来他母亲，让她帮忙劝说。"如果非要做手术，很可能会导致严重感染。"主任顿了顿，"你也知道，他可能活不了太久了。"

　　主任建议进行保守治疗。方法很简单，先用绷带固定刘愿的下巴，让牙齿能咬在一起，骨折可以慢慢愈合。"除了脸不对称，别的应该没什么影响。"

　　我们科治疗的病基本都在脸上。患者关心容貌，问一下会不会留伤疤，在情理之中。但在治疗面部骨折时，我们会优先考虑恢复咬合，让患者能正常吃饭、喝水，复原外貌往往排在后面。特别是刘愿的情况，主任觉得"只要最后这段时间能吃得下饭，保证生活质量，美观可以先不考虑"。而且治疗要快，受伤后两周左右，骨折断端就会逐渐错位愈合，每耽误一天，治疗的难度都会变大，承受的痛苦就越多。刘愿犹豫了一下，接受了。

　　治疗时，弹性绷带兜住了刘愿的下巴，对抗骨折之后肌肉不平衡的拉力，使他的牙齿能正确咬在一起。后果就是，绑绷带期间刘愿张嘴会非常困难。

　　接下来的几天，刘愿表情凝重，又变成原来沉默寡言的模样。我觉得除了张嘴要用很大的力气外，他心里一定特别纠结，是安稳过完所剩无几的人生，还是冒着迅速死亡的风险恢复容貌？这样的选择挺绝望的。

　　一天傍晚，我正忙着整理病历，刘愿突然找过来："我还是决定做手术。"因为下巴被绷带兜住，他的话有点含混不清。我帮他把绷带拆开，他又逐字重复了一遍："我还是决定做手术。"

　　我告诉他活下来最重要，而且冒险做手术也不可能将容貌完全恢复成以前的样子。

"我活不了多久了，死的时候不想脸都不对称。"刘愿说，"我想走得体面一点。"

"值得吗？"我看着他。

"值得试一试。"他想都没想，立刻回答。

他问我："假如你知道生命还剩一年，你会选择干什么？"

我有点生气："咒我吗。"但转念一想，这确实就是他正在面对的难题，"我不知道，可能去做自己最想做的事情吧。"

"我现在最想做的，就是让自己的脸恢复原来的样子。"

我不知道该说点什么，陷入了沉默。面对刘愿的情况，我的想法是，既然最多只能活一年，好好活着就可以了。他却认为既然只能活一年，就要死而无憾。

我接触病人有十来年了。一直以来我很少思考与治疗关系不大的事情，更关心对治疗的看法是否传达给了患者。虽然在清理伤口、检查病情、做手术等阶段，我距离他们的脸很近，但在我眼里首先看到的是他们脸上的伤病，而不是表情。

平时工作量很大，根本没工夫关注患者的相貌，甚至可能记不住眼前这个患者是谁，但一说起具体哪个部位有伤病，再看一眼对方的名字，就能想起这个人来。哪怕是工作外接触到的人，我第一眼注意到的往往都是对方脸上的细节。比如这个人颧骨不对称，可能受过伤；那个人的人中有点印记，应该曾经是兔唇。

我突然意识到自己已经习惯了优先排除风险，却很少关注患者真正想得到的是什么。刘愿说出了他的遗愿，也沉默了，凝视着窗外。

那一刻我有点害怕，发现死亡离自己特别近。普通患者做完手术，一两周就能出院；而面前这个人，可能连走出医院的机会都没有。

"明天查房跟主任说吧，这事我做不了主。"实在受不了这凝重的气氛，我丢下这句话，头也不回地走了。

第二天查房，刘愿的母亲无奈地跟主任说："儿子说了，非得把脸弄对称，我也劝不了他。"刘愿坐在床上闷着头，始终回避着我们的目光。

做手术前，我们复查了刘愿的各项免疫指标，勉强接近正常值的下限，但是核磁共振显示，他的头部依旧存在积液。术前的例行谈话，主任再次把各项风险解释了一遍，手术知情同意书上，很多条都以"严重时可能危及生命"结尾。

"现在改主意还来得及。"这是最后一次劝说了。

刘愿没有犹豫，签了字。

手术前一晚，我失眠了。国际上有个统计，艾滋病人手术中，大夫发生职业暴露的概率是0.33%。虽然概率不大，经过紧急处理和服药，感染的概率只有十万分之四，但这是我第一次给艾滋病人做手术。凌晨两点，我还在担心手术会出意外。修复骨骼的手术，被骨头渣划破皮肤是不少大夫都经历过的，我也不例外。

早上，主任开了个小会，提醒我们任何操作都要先看清周围的环境再动手："保证手术效果，也要保证我们自己的安全。"

主任想了一下，补充说，"如果觉得被扎了，或者有什么东西溅到脸上了，赶紧下台，处理好了再干活。"

这一天，9号手术室只安排了刘愿这台手术。所有术中使用的材料都会送走进行特殊处理，手术室要经过消毒、检测，隔天才可以开放使用。手术室门口挂了"感染手术，谢绝参观"的大牌子，避免没做好术前防护的同事误闯进来。护士长安排了经验丰富的护士，她担心年轻护士毛手毛脚："惹了祸谁都担不起。"

刚进手术室，护士就把我们拦住了，不让我们靠近已经躺在手术台上的刘愿。我们穿好双层手术衣，戴着面罩，脖子用纱布围住，套上厚厚的胶皮鞋，戴着双层加厚手套，全身上下裹得严严实实，保证面对手术台的皮肤不裸露在外面。同事给我拍了张照片，我看上去就像刚从电影《生化危机》里面跑出来似的。

我们逐一通过消毒区域来到手术台旁。麻醉师也裹得严严实实地坐在一边摆弄着监护仪，给刘愿戴上诱导麻醉的面罩。同样裹得严严实实的护士，站在器械车前默默查点着手术器械。

平时患者躺在手术台上，我们会主动过去聊天，让患者放松，也是等着护士和麻醉师做准备。但这次，手术室里没有人多说一句话。

刘愿可能是太紧张，高压升到了170，监护仪发出尖锐的报警声。麻醉师加大了诱导麻醉的通气量，引导他深呼吸，主任也在一旁安抚。刘愿渐渐平静下来，睡着了。

"确认手术切口，右面部。"护士开始核对手术位置。

"右面部没错。"主任回答。

动刀前主任再次提醒："患者感染艾滋病，大家注意职业暴露。"

　　按照设计好的切口，主任用手术刀切开了刘愿的皮肤和肌肉。因为脸上的淤血还没完全吸收，半凝固的血块一下就冒了出来。我下意识地向后躲了一下，但很快反应过来，这些都不是新鲜血液，感染的概率微乎其微。我拿着吸引器开始清理血块和切口渗出的鲜血，看着它们顺着透明的导管一点点流入了瓶子。

　　骨折的地方暴露出来了，开始将断裂、错位的骨骼按照正确的位置摆好。分离骨折断端时，我们都不敢用太大的力气，担心骨头尖利的地方会划伤自己，也为了防止血液溅出来。

　　复位骨折断端多用了些时间。因为戴着加厚的手套，手上的敏感度比平时下降不少。而且带着面罩和口罩后视野会有点变形，对距离和位置的判断产生了偏差，我们反复触摸了很久才确定复位成功。

　　手术进行了一段时间，我的面罩里弥漫着呼吸产生的雾气，要等雾气散去才能继续进行操作。为了保证手术的连贯，我不得不降低呼吸频率。之后我们在骨折线的两边打孔，用固定材料把骨折处固定。这是很常规的手术，但是由于刘愿的特殊情况，手术变得复杂了很多。

　　这台手术最难的地方就是最大程度避免风险的同时，与时间赛跑。手术时间越长，组织暴露的时间越长，刘愿术后感染的风险就越高。

　　平时做手术，如果进展顺利，主任都会和我们聊天，缓解一下疲劳。但做这台手术，手术室只能听见器械碰撞的声响，大家都保持着沉默，不说一句和手术无关的话，以防分散注意力，拖慢进程。

最后一个环节是固定牙弓夹板。同事用钢丝从刘愿的牙齿之间穿过，把一块金属夹板固定在牙龈外侧。不知是精神高度紧张，还是裹得太严实导致缺氧，我感觉头晕眼花，硬撑着缝好了伤口。

手术结束了。我迫不及待地把面罩、口罩都摘掉。口罩已经被汗水打湿，几乎粘在脸上。闷了这么久，面罩里面的空气相当混浊，感觉自己好像一直在反复呼吸二氧化碳。我的后背也湿透了，一次性的手术衣完全贴在身上，一阵刺痒，刚才竟一点都没发觉。

这台手术持续了三个多小时，比平时稍微慢了一些，过程还算顺利，没有出现意外。考虑到需要兼顾这么多环节，这个成绩还不错。大家都松了一口气，手术室里的气氛回归了正常，我们聊着天等刘愿醒来。

停了麻醉药物，麻醉师拔掉刘愿的鼻咽通气管，我们给他包扎好伤口。他的眼睛半睁半闭，嘴里不停嘟囔着什么，我只能听见他叫"主任"，后面的话都听不清楚。

"手术做完了，很成功，漂亮多了！"主任大声告诉刘愿。

刘愿听到之后，一下睁开了眼睛，嘴角动了动，算是微笑，说了句"谢谢主任"。

过了几天，刘愿脸上的绷带拆掉了，右脸稍微有点肿，但轮廓对称多了。每天早晨查房，他都要拉着主任的手感谢好久。他不再独自坐在床上照镜子了，而是边照着镜子边问我们"是不是比手术前漂亮不少"。我也挺高兴，成功给艾滋病患者做了台手术，挺有成就感的。

手术过后，已经是九月下旬，没几天就要到十一假期了，情况比较稳定的患者基本都会在假期前出院。刘愿情况特殊，需要多观察几天。他独自留在医院输液，就算病区空空荡荡也不觉得寂寞。输完液他就在走廊溜达，心情特别好。

十一假期，我正在家里睡懒觉，突然手机响了，是医院的电话。这种时候，要么有急诊，要么就是患者出事了。我希望是前者，因为我们组只有刘愿还在住院，我不希望他出事。我家离医院不远，平时坐公交或骑自行车上班。那天我着急，打了一辆车赶过去。

进入病房，刘愿躺在床上，胳膊插着消炎药点滴。几日不见，感觉他蔫了不少。

情况不乐观，他已经发烧两天了，今天开始高烧，超过38.5摄氏度。他的脸像刚住院时一样又肿得像个皮球似的，而且身体开始间歇性抽搐，像被冻着了一样，四肢不停地抖，肩膀尤其剧烈。刘愿的神志已经不清楚了，一直在说胡话，应该是出现了幻觉。

主任也赶来了，找感染科的熟人来会诊。感染科的大夫说："赶紧转院，只有传染病医院才能处理得了。"

我们把刘愿转移到担架，护送到楼下。望着远去的救护车，我听到感染科的大夫感慨："这一关他够呛。"

再听到刘愿的消息已经是半个月后。我们组的主治大夫去传染病医院给他拆牙弓夹板。刘愿经常昏迷，下了好几次病危通知。清醒的时候，他会抱着母亲聊天，依然用那个手掌大的化妆镜看自己的脸。传染病医院的大夫说，他全身多器官衰竭，脑部积液很多，随时都有可能去世。

大约一个月后，刘愿的母亲突然来找我们。她看起来瘦了很多，头发几乎全白了，眼睛红红的，但我感觉她的神情轻松了不少。

她是来复印病历，处理后事的。她告诉我，刘愿拆完牙弓夹板后，没两天就走了，"临走的时候，儿子说他不后悔做手术，能漂漂亮亮地离开，很开心。"说完这些，刘愿的母亲笑了起来。

笼中鸟

和其他孩子不同，小璐准备高考的地方是精神科病房。

那年她18岁，长得瘦弱苍白，无论身上还是心里，到处是伤痕。她在医院急诊科捡回一条命，然后转到我们精神科住了一个多月的院，包括高考那两天。虽然很多人说高考是改变命运的大事，但我觉得小璐不过是借着这场考试，和她沉重的过去做了一个诀别。

2016年5月9日，急诊打电话给精神科办公室，请我去会诊。患者是一个自杀未遂的女孩，叫小璐。小璐吃光了家里整个药箱里的药片，有感冒药、消炎药，还有一瓶降压药。好在洗胃及时，不会给她的身体带来太严重的后遗症。

她蜷着腿侧躺在急诊病床上，右手打着点滴，身体被白色的被子覆盖着。为了急诊的同事处置方便，我们没给小璐穿衣服。我拉上围帘给小璐做检查，她太瘦了，皮下静脉都清晰可见。她有些紧张和害羞，但又非常乖巧柔顺。她的睫毛很长，一双眼睛黑白分明，眼神无辜得让人心疼。在精神科，自杀的青少年我见多了，但不知道为什么，小璐总让我有种似曾相识的感觉。我会下意识地想起少女时期的自己。

她身上有很多刀划的伤痕，布满了肚子、双侧大腿、胳膊，都是衣服遮盖的地方。这些伤口深浅不一，有些已经变白；有些轻微感染，护士给上了棕色的碘伏；还有些刚刚结痂，看起来是新伤。

"疼吗？"我问。

小璐轻轻摇头。

"这样多长时间了？"

"两三年了。"她说话的声音很小，我几乎听不见。

在一旁陪护的小璐的奶奶满脸憔悴，她头发花白，身体不停地微微颤抖。很明显，老人家还沉浸在孙女服药自杀的震惊和后怕中。

小璐的奶奶从床头柜拿出一塑料袋空药盒给我看，说自己发现小璐自杀后就随身带着这些药盒。"得让大夫知道丫头吃的是什么药。"她不断重复，"这丫头有啥事咋不跟我说呢？咋这么傻，作孽啊！"

如果不是发现小璐服药，奶奶根本不会知道这个小女孩对她隐藏了沉重的心事。而关于自杀的原因，小璐总是支吾着，不肯说。

这不是她第一次试图自杀了，长期自残是一个严重的信号。如果不好好处理，我担心小璐随时可能再次自杀。她可能患有严重的抑郁症，我建议小璐转到精神科接受一段时间治疗。

医院位于市中心，成天车水马龙，人来人往。精神科的三层小楼坐落在医院的角落里，有一种遗世独立的孤独感。这里是神秘的禁地，很多人从旁边经过都会心里发毛，甚至恐惧不安。整个医院，大约只有精神科的小楼装了铁栅栏。远远望去，就能明白为什么纪录片《人间世》会把讲精神病患者的那一集取名叫《笼中鸟》。

小璐入住精神科病房，对所有检查和治疗都非常配合，乖巧到让人心生疑惑。哪怕是这里的患者都觉得小璐"不正常"。隔壁床的大姐曾把我拉到一边悄悄问："这孩子听话又懂事，咋也来住院了呢？"

她并不知道，生活中很多看起来乖巧懂事的孩子，其实都非常没有安全感。有了委屈也不会说出来，久而久之内心极度压抑，往往会通过自残、自杀来减轻内心的痛苦和纠结。表面上的乖巧只是他们的生存之道。

刚住院的时候，小璐很少跟人讲话。来陪护的奶奶没事会和我聊天，她说小璐的父母在她还没上小学的时候就离婚了，小璐是自己养大的，"小璐从小没让人操过心"。

初中毕业的时候，奶奶听说技校对普通人家的孩子是个好选择。她和老师商量着觉得小璐的成绩虽然不错，但不一定能考上名牌大学，而技校毕业就发大专文凭，还可以提前两年工作。于是奶奶做主让小璐去了"3+2"的职业技术学校。在学校里小璐每门功课都是第一名，年年拿奖学金。说起这些，奶奶的脸上抑制不住地扬起了骄傲的神色。

奶奶想不通，每周回家都主动帮忙干活，拿到奖学金给自己买电子血压计，从没顶过嘴的孙女为什么会拿刀自残。她觉得小璐变得非常陌生。

小璐初二的时候爷爷就去世了，家里只剩下祖孙俩相依为命。这几年小璐的奶奶身体越来越差，奶奶开始担心："我要是真有什么事，小璐怎么办？"说到这儿，小璐的奶奶哽咽了，"无论如何，我也要看到她能养活自己才舍得闭眼。"老人强忍着眼泪，一滴也没掉下来。

5月13日，小璐的体力基本恢复，也可以正常进食了。我查房的时候嘱咐她要多下床活动。

当天下午我发现小璐在走廊里散步，她反复经过我的办公室，每次都要往里张望一下。走廊几十米长，她一个人来回溜达了一两个小时。小璐的病房在三楼，办公室在二楼，我感觉这个女孩是专门到楼下来走给我看的。

我出去问她："你是不是有事找我？"她说："按照姐姐说的，多活动活动。"我听了一阵心疼，小璐是想证明自己真的很听话。别人的眼光对她似乎非常重要。

小璐的隔壁病房住着一个初中女孩，也是抑郁症。她俩爱好相近，能交流。见到这个女孩的妈妈，小璐就会像成年人一样说些场面话："阿姨漂亮，人又好。"她还主动表示，"我可以帮她辅导作业。"

护士们总表扬小璐，说她特别有礼貌，每次打针都早早准备好，之后会认真地道谢。从表面上看小璐是一个开朗大方、人缘极好的孩子，可她身上密密麻麻的伤又怎么解释呢？

她让我想起了东野圭吾的小说《白夜行》里的女主角。她像一只受过伤的小猫，非常温顺，实际上却让人捉摸不透。可是我却找不到突破口，不知道从哪里才可以进入她的内心。

5月16日，小璐住院一周。那天早上我去查房，她看起来有点兴奋。打完招呼，小璐向我汇报这几天她一直在好好锻炼："每天吃得好，睡得香。"她追问，"我什么时候能出院？"

"还得再观察一段时间。"我说。

小璐眼睛里的光一下子就消失了。她低下头，长发遮住整张脸。"我已经好了。"她用很小的声音说。直到我离开病房，她都没再抬头看我一眼，说一句话。

下午小璐又来到二楼，在我办公室门口走来走去。我出门的时候她把我拉到一边，压低声音急切地说："姐姐，我必须出院回去复习，马上就要高考了！"

我有些吃惊："你们也要参加高考吗？"

小璐终于主动和我面对面沟通了，一改平时讨好人的模样。她告诉我一个秘密，她说自己脑子里一直有幅画面：妈妈抱着她，爸爸站在旁边，一家人在校园里合影。"我在家里翻遍了也没有找到那张照片，但这个印象很深。"小璐说。

小璐想上大学，她曾经听邻居家的姐姐讲过大学里的事，"觉得那里好有意思"。可她又不想让奶奶失望。初中毕业后，她听从奶奶的安排去了技校。那个学校位于郊区，周围鸟不拉屎，一片荒凉。和她想象中的大学完全不一样。

小璐痛苦地说："姐姐你知道吗？我只要一看书就会被人嘲笑。"她的同学当众打架、泡吧的不在少数，很多都在谈恋爱。

小璐在QQ上和以前的初中同学聊过天，他们抱怨高中学习辛苦，可小璐特别羡慕他们。她在自己的学校没朋友，和周围的环境格格不入。在宿舍的时候小璐总是拉着帘子躲在床上。有的女生说她："肯定在做见不得人的事。"于是，室友就故意弄脏小璐床上的帘子，往她的饮料里倒肥皂水……平时小璐在学校做所有事情也都是一个人，她被孤立了。

"有时候我发现自己好多天没说过话了，就忍不住哭起来。"讲到这里小璐开始小声抽泣。

有一天她在削彩色铅笔准备画画的时候突然想到，如果用裁纸刀划自己会是什么感觉？她真的拿刀在皮肤上划了一下，很疼，但心里一直紧绷着的某个地方突然放松了。"我觉得舒服了很多。"从那之后小璐就经常用刀划自己。看着血冒出来，她有一种无法形容的快感。为了让血流得更多，她甚至会再次加深已经划开的伤口。

"我迷上了这种疼痛的感觉。"小璐说。

她平时说话声音很小，总是低着头不看我的脸。可在形容血流出来的快感时我明显感到小璐的声音大了很多，而且她抬头看着我，表情中带着一丝兴奋。

她的状态越来越敞开，终于告诉了我她自杀的原因，因为一个男同学。小璐喜欢他，但两个人并没有明确关系，那个男同学同时还在跟另一个女生保持着暧昧。

"没人喜欢我。"这是很多青春期女孩都会有的感受，而在小璐那儿，她的感受无比强烈。于是在周末的夜晚她偷偷打开了家里的药盒，把奶奶的药全吞了下去。

每年我们精神科都会收治患有抑郁症的学生。他们很多人都无法集中注意力学习，只能休学在家。我常常劝焦虑的家长们："最好让孩子专心治病，即使把孩子留在学校也是浪费时间。"可眼前的小璐已经瞒着奶奶报了名，她期待着六月的高考。她越说越兴奋，声音越来越大："等我拿到录取通知书再告诉奶奶。"小璐仰头看着我，她的脸蛋和下巴上有一两颗明显的青春痘，非常可爱。

看着小璐的眼睛里闪着光，我似乎看到了当年不顾全家人的反对，选择了精神科医生作为未来职业方向时的自己。

我找到主任说："小璐要参加高考。"

"还考什么高考啊！这样回去也考不上，到时候刺激更大。最好劝她明年再考。"主任说。

这话很务实。大家都是从高考走过来的，总复习的强度和压力正常学生承受起来都非常辛苦，更何况小璐目前的情况。我不放心让小璐出院，可是如果不让她回去复习，她一定会非常失望。我坐在办公室里不知道该怎么办。

这时师弟走过来，在我眼前晃了晃刚拿到的化验单，问我自言自语在叨咕什么。我便跟他说了小璐的事。

"就让她在这里复习啊！咱们还可以帮忙。"师弟毫不犹豫地说。

听他这么一说我立刻兴奋起来了。我的师弟是个学霸，高中会考拿过市里第二名，小璐在这里复习我们可以帮她，效果一定会比她自己复习好得多。我迫不及待地把这个计划告诉了小璐，她非常高兴。

很快，小璐要在精神科病房里准备高考的事大家都知道了。

病房没有写字台，小璐白天就坐在床上用学习桌，晚上就来我们的办公室。虽然主任嘴上不赞成，但还是给小璐安排了单间住。他查房的时候到处提醒患者和家属："说话要小声，给小姑娘一个安心复习的环境。"

他和其他医院的医生吃饭，席间说："我那边的病房现在住了个高考生！"

人家问他："这种情况还能考吗？"主任满脸得意，对小璐挺有信心。

精神科病房里的患者们都很照顾小璐。有个女患者在我们科住了挺久，情绪特别不稳定，有时候会不配合吃药，经常站在窗户前对着停车场大喊大叫。可自从知道了小璐在准备考试，她虽然还会控制不住自己要喊上一会儿，但喊着喊着就会主动停下，还会对别人说："嘘，小璐还要看书呢。"

来这里探望家人的小朋友，年纪小，叽叽喳喳地吵个不停。会被病人一本正经地嘱咐："有个姐姐在学习。"还有一些病人会去小璐的病房给她送零食。

自从小璐住院以来，我从来没见过她的父母。因为孩子要高考，奶奶终于给小璐的爸爸打了电话。

5月20日，小璐的爸爸来了。我和他谈了一次话。他中等身高，穿着休闲西服，肚子略突出，看起来是个精明能干的人。

"为什么这么大的事情都瞒着我？"面对小璐的奶奶他情绪激动，语气带着埋怨，眼圈都红了。看他这个样子，我的愤怒有点发不出来。小璐变成现在的样子能怪谁呢？

他继续解释，因为知道孩子没危险，就把家里的事都安排好了才来医院，可以多待一阵。他说："小璐喜欢妹妹，这次也带着一起过来了。"

这个妹妹和小璐同父异母。带着他们一行人进入病房的时候，小璐正坐在床上学习。见到爸爸她有点意外，看样子奶奶没有告诉她。奶奶做事一直不太跟人商量。

小璐很快露出笑容，甜甜地说："爸爸，你怎么来啦？我都想你了。"她的语气太甜了，连我都觉得假。她的高兴仿佛是凭空出现的。

小璐的妹妹长得很像爸爸，她牵着爸爸的手站在床前，大方地叫姐姐。后妈站在离大家稍微远一些的床头，小璐小声叫了声："阿姨好！"

小璐收起学习桌，继续用那种甜甜的声音跟爸爸讲："医生护士对我特别好，我每天都在学习……"每说一段，小璐都会仰着脸望着爸爸，用近乎渴求的样子问，"是不是，爸爸？"

晚上查房，我看见小璐坐在床上望着夕阳发呆。冒着风险，我上前问她："看着妹妹、爸爸还有阿姨，你有没有觉得自己是多余的人？"小璐慢慢转过头，打算对我再次挤出她招牌式的乖巧笑容。但这次她失败了，她挤出来的是眼泪。

"我恨妹妹，因为她抢走了爸爸。"可小璐又不觉得爸爸是个很重要的人，她对爸爸的记忆很模糊。

"我有时候感觉不到自己。"小璐说，"比如现在，我明明在跟你说话，又好像不是在跟你说话，我好像不是我自己。"

"我能听到自己的声音，但会被自己吓一跳。"在小璐的世界里似乎最被忽略的就是自己。

"妈妈在你心里是什么样子？"我接着问。

小璐抬头看我一眼，陷入思考。"奶奶说妈妈是一个疯子。总是在枕头底下藏一把刀，想杀了爸爸。"

在精神科，家族史非常重要。我跟小璐的爸爸确认小璐的妈妈到底有没有精神病。听我这么问，小璐的爸爸坐在接待室沙发上开始双手搓脸，从上到下。最后他深深吸了口气："她妈妈不是精神病。"

他们的婚姻从一开始就不被母亲看好。结了婚，婆媳矛盾引发了夫妻矛盾，最后闹得很严重。"俩人成天打架，扔东西。"每次他们打架，奶奶就带着小璐出去溜达，直到家里没有动静了才回家。有时候走得久了，小璐就在奶奶的背上睡着了。

小璐还没有上小学，他和小璐的妈妈就离婚了。消沉一段时间后他逃到外地重组家庭。两个城市之间开车大约6个小时。他一年回来看小璐两三次。而小璐的妈妈在离婚后就再也没了消息。

小璐说："在我的心里，妈妈只是一个影子。"即使自己脑海里不断出现一家人在大学里团聚的画面，妈妈的脸仍然是模糊的。她会梦到妈妈总在一个浓雾缭绕的地方，没有任何场景，也不知道是什么时间，怎么都等不到大雾散去。醒来后人就会觉得非常失落。

我很理解小璐，小孩子对父母的爱是一种本能，如果从小在父母那里接收到的都是负面信息，就会觉得世界都塌了。

"奶奶说我长得和我妈妈很像。"小璐对我说。

可是她们家一张妈妈的照片都没有。她说自己想妈妈的时候就会站在镜子前看自己，她想对妈妈说："你知道我都长这么大了吗？你还活着吗？"

小璐的内心一直有个疑惑：如果我太想妈妈，会不会对不起奶奶。为什么会有这样的想法，她也说不清。

5月23日，小璐的妈妈来了。

小璐前一天就知道她妈妈要来了。早上查房时我看见小璐坐在床边，有点紧张。她告诉我："昨天晚上很久都没睡着，说不清楚是高兴还是难过。总是又想哭，又想笑。"她说她又梦到妈妈了，"我和她隔了两三米，中间还是隔着雾，不过好像比以前淡一点了。"

小璐的奶奶买了早餐进来，她笑着跟我说："小璐一大早就起来洗头，一会扎上，一会披下来。换了好几身衣服，后来又穿回了病号服。"奶奶轻松的语气让我有些意外，之前她跟我提起小璐的妈妈时，语气里总是带着怨恨。

小璐说："老师，我妈妈来的时候你陪着我好吗？"她有时候叫我姐姐，有时候叫老师，都是脱口而出的，我也不纠正她。

　　小璐的妈妈来了，她长长的头发，瘦高个子，穿着浅咖色的风衣。她们母女长得真的很像。她站在床前叫了声"璐璐"，就用手捂着嘴流下眼泪。小璐坐在床沿边，我感觉到她抓着我的手在微微发抖。

　　奶奶在一旁打圆场："傻孩子，叫妈妈啊！"

　　小璐嘴巴动了一下，没有声音。

　　小璐的妈妈走过来抱住她："好孩子，都长这么大了。奶奶把你养得真好。"

　　一开始小璐的身体有点僵硬，到后来逐渐柔和了一点，她也用手去抱着妈妈。奶奶和爸爸站在靠门的位置看着。这一次后妈和妹妹都没来。

　　小璐的妈妈回头看了看小璐的奶奶，叫了声"妈"。眼泪一下子就从奶奶的眼眶中漫出来了，奶奶说："我让孩子受委屈了。"相隔十几年，因为一个大家都不想看到的原因，这家人又聚到了一起。我退出了病房，把空间留给他们。

　　下午，小璐母女俩手牵着手，笑着来到我的办公室。小璐的妈妈笑着说："你跟大夫说吧。"小璐有点不好意思："你说。"

　　"今天小璐能不能不复习？我想带她出去逛街。"妈妈想给小璐请个假。

　　回来的时候小璐穿着新衣服，脸上发着光。好像一朵有点枯萎的花蕾突然绽放了。

　　第二天早上查房的时候，小璐说她终于能看清妈妈的脸了，"奶奶跟妈妈和好了"。虽然现在还有些不真实的感觉，但压在她心里的那些沉甸甸的东西好像轻了很多。

考前复习有条不紊地进行着，我先用黄冈密卷给小璐摸底，发现她基础太差，我和师弟又找来会考题。因为药物的影响，小璐的反应速度变慢，注意力也不能长时间集中，她做会考卷也有些吃力。每天上午她做一套练习，下午、晚上我和师弟谁有空谁就给她讲。虽然小璐一直很努力，但无论怎么算，她所有科目加起来也不到400分。

高考真的不是临阵磨枪的事，我和小璐的父母商量过，他们也知道以小璐现在的成绩考不上一个满意的大学。但无论如何，他们都支持小璐参加这次考试。

高考慢慢变得不那么重要了。复习的时候，我和师弟都快忘了小璐是个有抑郁症、差点自杀的孩子。后来我还在想，这可能就是治疗的最高境界吧，把病人生病这件事给忘了。

6月1日，小璐的妈妈住进了精神科，正式陪小璐做考前的最后准备。她们把屋里的床并在了一起，晚上，小璐就搂着妈妈睡觉。白天，爸爸和奶奶过来给她们送吃的。傍晚时分，一家人就会去空旷的停车场上散步。

后来，小璐写下了这样的话："看见残阳如血映红了整个天空，我的内心极度安静，从来没有这么踏实过，从来没有这么有力量。身边有爸爸，有妈妈，还有奶奶和医院的医生护士们，我再也不孤单。"

"希望高考永远不要到来！"

考前短短一周多的时间，小璐明显开朗了，说话的声音也变大了。有一天我甚至听见她"教训"起她爸爸："你怎么那么笨。"而前几天她还在谨慎地观察爸爸的态度，满脸的讨好。

2016年6月7日，精神科里不少医生和护士提早半个小时上班，就为了和住院的患者们一起在门口送小璐去参加高考，给她加油。

小璐背着妈妈买的蓝色双肩书包，笑着牵着妈妈的手，从病房走向爸爸的车。弯腰上车前小璐突然停下来，转身给大家挥手说谢谢。我目送这家人离开，心想，小璐脑海里的场景终于要实现了。很多人都说，高考是人生的转折点。对小璐来说，这个转折比别人的更加重要和来之不易。

6月9号，高考结束的第一天。小璐跟妈妈出去逛街，回来的时候拎了大大小小十多个纸袋。当天晚上她们母女还睡在一起。后来小璐告诉我："那天晚上我有点舍不得睡觉。"

6月10号，我给小璐办理了出院。告别的时候小璐来到办公室，轻轻地抱了抱我。她看着我师弟，轻松地调侃说："你快点找个女朋友吧。"接着她又给大家鞠躬道谢，说会回来看大家。

不知不觉就到了11月。有天我刚到科里，值班大夫就跟我说："你知道吗？你那个小患者周末回来了。"我每天要看很多患者，但那一刻我立刻想到了小璐。

很多人以为抑郁症患者只要"心结"打开了，人生就好像被疏通的管道，一切都顺畅了。但实际情况从来就没有那么简单。抑郁如此有力量，它常常像黑洞一样把人牢牢吸住。患者的再次治疗我不意外，可看到小璐的时候，我还是吃了一惊。

她长长的头发被剪了，乱七八糟，应该是她自己剪的。

奶奶告诉我，小璐高考没考上，决定从技校退学，后来专门报了高考补习班，从头开始复习。补习学校是封闭式管理，每个月只能有一个周末回家。奶奶不清楚小璐在学校发生了什么，她接到老师的电话才知道小璐的状态又不好了。

躺在床上的小璐还是很瘦，很白。她跟我说："对不起，姐姐，我又回来了。"

"你真想回来看我们也不用剪头发啊，随时回来就好了。"听我这么说，小璐不好意思地笑了。

在学校，她每天早上5点多就被教官喊起来学习，身边的同学都在拼命备战高考。小璐这次的备考不一样，妈妈每个月都会去看她，爸爸也常常回来。有时候一家三口甚至能在一起吃个饭。可是很奇怪，小璐说，之前和奶奶在一起没觉得有什么不好，现在有爸爸妈妈陪着，自己反而常常觉得不开心，而且特别容易发脾气。

其实高考的重压之下发脾气才是正常的。小璐觉得这是缺点，我听来却觉得挺欣慰。她不是没有脾气，而是不敢有脾气，害怕和人发生争吵，所以一直压抑自己。这是导致她自残的原因。对小璐来说，发脾气意味着治疗的进步，她不再压抑了。

我把我的想法告诉小璐，她一下子高兴了起来："姐姐，心理学真的很神奇啊！医生姐姐真的很帅，我也想当医生了。"

这次短暂的住院中，小璐主动和我加了微信，她说："不会打扰你的，看看头像就好了。"通常，我们医生不轻易把手机号、微信号留给患者，因为我们离开了医院也有自己的生活，但那个时候我几乎毫不犹豫地跟小璐加了微信好友。

小璐参加了2017年的高考。这一次她如愿考上大学，而且是一所医学院。后来，我在她的微信朋友圈里看到她和爸爸妈妈一起在大学校园里拍的照片。不知道这张照片和她脑海里的那张是否一模一样，不过我觉得这张照片好看极了。

如果这是个童话故事，大概小璐的家庭会从破碎走向复原，但现实没有那么完美，小璐的家早就消失了。她背负着这份创伤磕磕绊绊地活到了成年，然后通过两次高考的时间消化了这一切。

因为小璐，奶奶、爸爸和妈妈之间多年的矛盾化解了，小璐甚至短暂地在精神科的病房里复原了曾经的家。我觉得她那瘦弱且布满陈旧伤痕的身体里充满了力量。

成人礼

当了18年的小姑娘，某天突然有个人告诉你，其实你是个男人，你一定会觉得那个人疯了。

那天我让自己的病人"少女"小欣坐在诊台对面，她显得局促不安，手指互相交缠着，不知该放哪里好。

"你已经满18周岁，是个大人了……"我脑中回想起自己第一次见小欣的情景。这个浓眉大眼、长发及腰的小姑娘走在爸妈前面，朝屋里探头，看见我们一个办公室的白大褂，还有点不知所措。

18岁是个多好的年纪啊。而现在随着我对病情的叙述，小欣的眼睛越睁越大，不可自制地缓缓摇头，一只手指指着自己，脸上带着难以名状的奇怪笑容："你说我是男的？怎么可能！"我知道无论放在谁身上，这件事也不可能一下子接受，但残忍的是染色体是不会说谎的。

　　妇产科是个埋藏秘密的地方，每天都有形形色色的女同胞来跟妇产医生们诉说那些她们父母不知道，丈夫更不知道的秘密。然而小欣到来时，我们整个妇产科都忽略了一点，某些秘密就连患者本人都不知道。

　　她今年18岁，这个年纪的女孩住院大多因为卵巢上长东西。她也一样，术前检查都考虑是良性病变。一周前，小欣的父母就站在女儿身后，我想着该怎么措辞，告诉他们小欣卵巢囊肿的情况。我的目光在这一家三口身上扫来扫去最后落回到小欣的父母身上。"除了卵巢囊肿，她子宫小的事情，门诊医生和你们说了吗？"

　　小欣的父母刚要开口，小姑娘就自己小声说："我知道的，主任说了，先把卵巢上长的东西切掉，然后再继续吃药看看子宫能不能长大一些。"

　　没过多久我们确定了手术方案，也提醒了他们："小欣现在子宫的大小以后可能无法生育。"讲完以后我问他们有什么不明白的地方。小欣的父亲攥紧笔，盯着眼前的纸沉默了好一会儿："我们也不懂这些，都听你们医生的，你们医院是最好的了，我们都听你们的……"小欣的母亲也跟着点了点头。

　　我最怕听到病人这样说，医生喜欢的是对手术风险有认知的病人，他们能通过和医生对话、自己思考利弊后做决定。小欣的父亲显然不够冷静，他迷茫地看着我，脸上黑黑的，眉间的褶皱和指缝里深深嵌入的泥土让他握着签字笔的手看起来更加游移不定。一直安静坐在一旁的小欣突然起身接过父亲手里的笔："我听懂了，我来签吧。"

我看着这个小女孩在风险通知单上签下自己的名字，发现这个小姑娘身上有一种超出年龄的勇敢。我有些庆幸遇到这种病史简单、心里清楚的病人，对刚做主刀没多久的我来说是最理想的。

在妇产科四年我总算当上了主刀医生，小欣的手术是我当上主刀医生的第二场，尤其重要。主刀不是谁都能当，只有经过严格的训练能扛得起这份责任的才有机会。每一场手术的背后都有主刀医生不可控的风险：曾经有一次，我们缝好患者的切口，却发现缝针的尖端少了一截。一刹那所有人动起来，在整个手术室翻找那一小截针尖，手术台上，仪器上，病人腹腔里。我们蹲在地上用吸铁石一遍又一遍地找。我已不记得那一次具体找了多久，只记得找不到谁也不能离开。这种级别的手术事故可以葬送主刀的职业生涯。出了任何问题，主刀医生就是法律上的第一责任人。小欣大概率是卵巢的良性囊肿，这样一个小毛病，主任让我主刀了。

手术准备就绪，只差一份术前检查结果——染色体检查。因为小欣从来没来过月经，这个检查能帮我们排除小欣有没有其他遗传疾病。这份报告要再等一个星期。因为卵巢囊肿总归要处理，我决定不等了，先给小欣做术前准备。我眼前的小欣，长了眼睛的都知道是女孩。

我拿着她的报告反复看，她的子宫特别小，人已经成年了，子宫还停留在儿童时期。其他检测结果都很正常，只是几个卵巢功能的指标自相矛盾：有一些检查项目显示卵巢的功能非常好，但有些数据却显示卵巢功能已经衰竭。

我和几个同事讨论了一下，他们都是比我更资深的老前辈，大家都只是说："可能就是激素紊乱了吧，所以子宫也没发育好，才不来月经。"

我当时天真地想，激素紊乱而已，这对手术没什么影响，术后再复查就可以了。沉浸在即将给"主刀史"再添一笔的我并没有预想到伴随着这个宁静午后到来的是一场怎样的暴风雨。

小欣的手术如期进行。

她躺在手术台上眼睛时不时瞟向我，可能比我更紧张。我把她的手轻轻握在我两手之间："你想想你最开心的事，等下睡着了就能梦到了。"

看着小欣的心率慢慢恢复正常，麻醉师把半透明的面罩扣在这张年轻的脸上。随着胸腔的起伏，氧气和麻醉药物一起缓缓进入了小欣的体内。小欣刚牵起一半嘴角便沉沉地睡了过去。

手术开始时和预想的一样。没有手术史的小姑娘肚子里非常"干净"，像一片还没被人走过的雪地。直到看见她巨大的卵巢囊肿，以及小小的一颗子宫，我才默默叹了一口气。

但是在我朝卵巢划下去第一刀时就感觉到了异样。这触感不对。按理来说切开卵巢表面就能看到囊肿出现在眼前，可小欣的没有。她的卵巢里反倒出现了一些糊状的东西，稍微扩开一点切口，还能看到像剥开的蒜瓣一样的组织。那一刻我满脑子只剩一个想法：这东西怎么看都不是卵巢，倒是有点像睾丸。

"囊肿送冰冻，叫主任过来！"我急忙喊。

囊肿被送往病理科冰冻，半小时过后我将会知道这个古怪的组织到底是什么。主任来之前我尽量先把病灶清理出来。每取出一小块"蒜瓣"都感到头皮发麻。

手术室的自动门缓缓开启，我看到主任戴着口罩的脸时觉得一阵安心。主任在妇产科工作30年了，处理过很多疑难病症。我赶忙把病灶亮给她看。主任仔细地检阅，正面，反面，拨开，我的心也随着她不时皱起的眉头揪紧。沉默了很久主任才缓缓吐出一句："看起来不像是良性的东西，你先尽量清理干净。"

几乎是一瞬间我就听懂了主任的意思——她也没有见过这样的情况。我的脑子轰隆作响。我下意识地去看小欣的脸，她睡得那么安详，不知道正做着什么梦。手术室里出奇地安静，助手、护士、麻醉师都默契地一言不发。

原来"主刀"这两个字不是手术台上的位置，不是手术成功的赞扬，而是有一个人把生命托付在你手上，她毫无保留地睡去，相信你能带给她更好的明天。但我可能把小欣的明天切坏了。

当时手术台上的我并不知道这一刀不仅没有割去病症，反而将我和小欣往后的生活彻底连在一起。

手术仍在进行中，大门再一次打开，这次被送进来的是那块囊肿的检测结果：无性细胞瘤考虑。

我刚刚那一刀让小欣的肿瘤破了，癌细胞可能已经扩散。目前的情况最好也是癌症等级里的IC期了。一般情况下病人需要接受化疗。越年轻的癌症患者往往恶性程度越高。如果小欣是卵巢癌，别说成家立业，就连大学毕业都可能会成为奢望。而无性细胞瘤虽然非常罕见，但预后很好。小欣可以活下去！

没有时间留给我整理纷乱的思绪，我走出手术室的门。手术室外的等候区坐满了家属，我在人群中搜索着小欣的父母。

他们面前只有两个选择：一是相信这份病理报告，直接做保留生育功能的手术，不仅要切除患病的卵巢，还要切除淋巴结等等组织，手术的范围和创伤将会很大。但因为这份报告是临时做的，准确性只有70%，现在直接开大刀，万一之后出来更准确的检测结果不同，这个18岁的小姑娘可能得白挨这一刀，还永远地失去一个卵巢。另一个选择就是等准确的病理结果出来以后，再决定治疗方案。这意味着小欣得再做一次手术。

"医生，你是说我们女儿得了癌症？"这个中年男人瞪大了眼睛看着我，希望从我这里得到否定的答案。

我点了头，又赶紧补上一句："但还要等最后的病理结果。"

最后手术终止，小欣被推出病房。所有人都陪着她，等待那份牵动命运的病理结果。

和小欣同一天手术甚至比她更晚手术的病人一个个都出院了，小欣开始时不时地跑来问我什么时候可以出院。开始几天我会说："还得多观察一下，肚子有胀气，还不能回去。"可是毕竟年轻，术后四五天小欣已经可以活蹦乱跳了。我只好说你得等病理结果出来才能回去呀。小欣躲开我的眼神，盯着自己的脚尖，若有所思的样子，转身乖乖回了病房。

学医之前我总觉得医生无所不能。可现在我觉得"健康所系，性命相托"的誓言太重，像小欣这样美好鲜活的生命太重。

我一遍又一遍刷新着病理页面，睡觉时开始做噩梦。梦里小欣躺在无影灯下，腹部切口随着心率的脉动一股一股涌出鲜红的血液，瞬间浸透了手术台的床单。她的身上布满血污，我疯狂地扑上去，死命地按住她的切口，可是没有用，血从我的指尖喷涌而出，我的手上、身上、脸上沾满了她的鲜血。我在梦里哭喊，喉咙却发不出声音。

有同事问起："听说你把一个卵巢癌搞破了？"我不知道该怎么解读他脸上的表情，也许就和无数的办公室八卦一样，只是随口一说，可我却觉得心口一震。我有千万句话想解释，到嘴边却只能微笑着回答一句："是啊，我手术做得太差了。"

在生离死别轮番上演的医院，这样的情绪多说一句都是矫情。我开始怀疑自己5年本科、3年研究生、3年规范化培训、1年正式工作……我真的适合走这条路吗？

接到遗传科电话的那天，我的最后一丝希望破灭了。那份缺席的染色体报告让所有人都出乎意料。此前所有反常的状况都可以被解释了：那个被我剥开的"卵巢囊肿"原来是发育异常长成了无性细胞瘤的"睾丸"，术前自相矛盾的检查报告都是因为"她"本身就是男性。

这种性别反转的染色体报告，实验室会反复核查，确保万无一失才发出来。小欣的情况实在太特殊了，我们科最德高望重的老主任都说她从医生涯也就遇到过一次类似病例。一般这种病人多少会有些男性化的地方，比如体毛较重，身高特别高，或者没有阴道没有子宫，等等。可小欣除了子宫没能发育完全，和正常女孩一模一样：中等个子，匀称身材，微隆的胸部，发育完好的外阴和阴道，怎么也没法通过外表让人相信她实际上是个"男生"。从这一点上看，甚至可以说小欣是"幸运"的。

我把小欣的父母叫来了办公室："现在的情况有点复杂，我想先和你们说一下，再商量下怎么和小欣说。"

情况比预想的更糟，更离谱。我只能用最直白的方式告诉他们小欣的染色体检查结果是46，XY。"Y是男性才有的染色体，所以从基因上来讲小欣是男性。"

小欣的父母完全蒙了，他们就像是没听到我说话一样。

因为要二次手术，小欣那里肯定是瞒不住的，我只能征求小欣的父母的意见，商量怎么跟小欣说明情况。小欣的母亲啜泣着望向丈夫，可这个平日里的主心骨也不知所措。

我决定自己去告诉小欣实情。不是出于勇气，而是情况过于复杂，由我来说明或许对小欣的伤害能降低一些。

看到我，小欣多数时候都是腼腆地笑笑，一双灵动的大眼睛像是想从我这儿探听到更多自己的病情，但和我目光相对时她又很快低下头，像是偷吃糖果被发现的小孩子。小欣的父母告诉我，小欣是家里的大姐，父母在外打工时，家里的一双弟妹都靠小欣带着，她从来就是最照顾人的那个孩子。

"你说我是男的？怎么可能！"听到结果的小欣反应很大。当了18年的小姑娘，某天突然有个人告诉你，其实你是个男人，你一定会觉得那人疯了。

我赶紧解释："人的性别分为生理性别和社会性别，如果你决定以女性的身份生活下去，即便你的生理性别是男生，谁也不能阻拦你！除了需要治病，你和女生没有任何区别。"我尽可能用坚定的眼神看着她，希望她能感受到我的信心。

她没有再说什么，也没有再看我，像是深深地陷入另一个封闭的世界里，机械地对我说了一句谢谢，默默往病房走。

回到办公室，同事打趣道："听说你手上有个男人啊，你说要是病房里的其他患者知道，睡在她们隔壁床位的是个男人会不会吓到啊？"平日里我们也会关起门来开玩笑，可小欣的事却像是扎在我心头的一根刺，谁也不能碰。我大声喊了一句："病人的隐私别乱说！人家好好的小姑娘！"

只是我强撑的自尊并不能改变结果。因为肿瘤可能会侵犯周围组织或转移，需要切除病变的相关组织及另一侧发育异常的睾丸。主任主刀的二次手术很顺利，术后病理也给我下了最后的判决书——如果我主刀的那次手术术中囊肿没有破裂，小欣本身的病情只是最早期，可以不用化疗的。

最后一根稻草终于落在了我的身上。

从那天之后，我一到手术室就会莫名地感到害怕，脑海中回想着那句话：你不行，你根本就做不好手术。我开始不由自主地避着小欣，我害怕看到她开心的样子，又害怕见到她情绪低落，更怕她刨根问底地追问我那场手术。小欣是病房最靠近门的一张床，每次我路过病房门口，都会看到她那双大眼睛追着我的身影，我只好加快脚步，三两步掠过这道门，也掠过小欣那双欲言又止的眼睛。

直到有一天我路过病房门口的时候，余光没有瞟到小欣，我的心顿时不安起来，三两步退回到门口，站定往她病床的方向看过去——她蜷着腿，把自己裹在被子里，整个人缩成小小的一团，就像未出生的宝宝在母亲的子宫里那样。我想她大概是刀疤痛了，赶紧走到她床边。

被子里的她一抖一抖的，我的心也跟着颤动。我掀开被子的一角，小欣像被突然的光亮吓了一跳，惊慌地抬起头。大眼睛红红肿肿的，脑袋旁的床单上留下了湿嗒嗒的一小块。看清了是我，小欣张了张嘴哽咽着说："姐姐，我会死吗？"

看着她的眼睛，我心里的某个地方突然钻心地疼起来。她才18岁啊。性别反转的情况已经极少，再加上情况罕见的无性细胞瘤，即便是在我们这样全国数一数二的妇产科专科医院里，小欣的病也没有可以参照的前例。了解她病情的只有我，如果连我都躲着她，她还能依靠谁？小欣后面要走的路不仅难，而且会很长。这个孩子在和病魔战斗，我不能逃。

主任问起我小欣的情况，我说着说着眼泪便不争气地滚下来。我赶紧擦掉，不想表现得更软弱。

"哭吧，你就该哭。"主任这句话彻底击穿了我伪装的平静，所有的情绪翻滚而出。

"没有人能不犯错，知道痛就好，这次痛狠了就长大了。"主任告诉我。

我把自己的电话给了小欣，还和她加了微信，这是我第一次主动给患者联系方式。"害怕了就告诉我。放心吧，你一定不会死的。"听我这么说，小欣将信将疑地点点头。这也是我第一次这样"不专业"地回答患者的问题。

作为一个医生，我比谁都清楚没有什么是一定的，但我的懦弱和逃避已经够多了，接下来我要打起精神陪她打完这场仗。只要她活着，我就有机会被原谅，有机会去做一个医生该做的事。

之后的日子里我开始直面小欣一家。他们总是很安静，从不给人添麻烦。好几次小欣的父母都是在办公室门口偷偷看我。我招手让他们过来，他们才会小心地询问一些小欣的情况。

我从没听她父母抱怨医疗费用，但能看出这个家庭的不宽裕，偶尔看两口子默默地吃着简陋的盒饭，甚至白饭配些咸菜，就尽可能帮他们删掉一些非必要的费用。

小欣这一边，我会时不时把查到的和她相似的病例、报道发给她看，把医学期刊上最新的指南标注出相关的部分。"你看，这些人都活得很好啊，有的都随访十几年，甚至二十年了，基本都没有复发。"每当查到和她一样的存活得很好的病例，我都会第一时间告诉她。

小欣半靠在病床上，侧身转向我，她的眼神既期待又害怕："姐姐，我可以不做化疗吗？我听说化疗会掉头发……"其实入院以来，如果不是我主动开口，小欣几乎不会先和我说话。这次能先开口，想必这个问题已经在她心里翻来覆去很久了。

我站在她床边，双手攥紧想借点力给自己。我决定告诉她在自己心里搅了这么多天的话。"你的情况比较特殊，因为我的经验不足，术中你的肿瘤破裂了。为了将来能好好活着，我建议还是化疗。我，我想跟你说……"

"对不起"这三个字早在心里滚得透熟，但到了嘴边我却再也没有力气。我没有看她，也不敢看她。

小欣思索了一会儿，叹了一口气："姐姐，我听你的。"她的反应出奇平静。我不可思议地看着她，尽我所能地读取那里面的信息——有害怕，有担忧，可是没有怨恨。我一时间竟不知道该怎么回应，只是说："乖，听话。"我转过身，大颗大颗的眼泪控制不住地掉下来。

化疗的第三天，这个腼腆又坚强的小姑娘明显蔫了，无法控制的呕吐让这双大眼睛里的光渐渐黯淡下去了，圆圆的脸蛋也变成了暗黄色。用了好几种止吐药，效果都不好，我没了办法，只能多去看看她，陪陪她。不管多难受，看到我来，小欣还是会冲我笑。

我跟她开玩笑说："明星为了瘦和漂亮，很多还要靠吃减肥药催吐呢，你这两天吐一吐，回学校就是漂亮的瓜子脸了。"我摸着她的头发，"会好的，我保证。"她也总是弱弱地跟着我说："会好的，会好的。"

出院一周后，小欣给我发来微信——"姐姐，我开始掉头发了，一把一把的，感觉我要变成光头了，好可怕。"

我的脑海中一瞬间毫无预兆地出现了肿瘤科化疗病人那一张张苍白绝望的脸。因为脱发，那里的每个病人都戴着帽子，大大的帽檐尽量压低，用来挡住脸。我不想小欣也变成这样。

我安慰她："你长得这么好看，秃头了也很靓！真正的美少女都经得起秃头的考验！"还给她发了张自己戴假发的照片，结果反被小欣嘲笑："姐姐，你太臭美了！"

小欣不在的时候，每次经过她住过的病房门口，我都会不自觉放慢脚步，忍不住想，小丫头此时在干什么呢？到她的化疗周期我就给她发微信：小妞啊，又到了紧张刺激的化疗时间了，快来投入我的怀抱吧。她则会娇嗔地骂我：变态！

我一直觉得小丫头比我想象的坚强。小欣最后一次化疗时正好赶上我下乡4个月，从同事那里得知小欣没有按时来住院。

"光头美少女，你怎么不乖乖来化疗啊？是不是忘记了？"

"家里出事了。"看到"出事"两个字从小欣的对话框里跳出来，我心里"咯噔"一下。

小欣告诉我她的舅舅出海翻了船，人找不到了。"你说我这样的人会不会有一天也突然就不见了？"小欣的话让我的心一瞬间揪得紧紧的。我最怕夜深人静的时候收到小欣的微信，脱下白天坚强的外衣，她会短暂变回那个茫然无措的孩子。

她总会说："我觉得我也活不长久，感觉对一切都提不起兴趣，有时候看着身边的人就像是看着另一个世界。"和朋友们聊天，聊着聊着她就会抑制不住地失落，"他们把我当作一个正常人聊天，可我并不是。"

这个时候我就会坚定地站到她一边，用不容置疑的语气告诉她："正常人也会生病，你就是正常人。"

最后一次化疗结束，从小欣拔掉手臂上的PICC管那一刻起，她终于可以像其他同龄的孩子一样继续自己的大学生活了。恶性肿瘤只要5年内不复发就相当于临床治愈了。现在我要做的就是陪她走完接下来的路，我由衷地替她开心。

小欣出院后，反倒是我越来越婆婆妈妈了，总是会想小丫头在学校还适应吗？落下的课程跟上了没有？有没有要好的朋友？有没有和男孩子交往？

她时而和我分享追剧的心得，时而抱怨某个老师疯狂点名，还会郁闷自己毫无运动细胞，打死也学不会游泳。我常会在聊天中恍惚，忘记手机那头跟我嘻嘻哈哈的小姑娘曾经历过怎样的巨变。

只有在每月复查的时候，小欣会跟我闹脾气："每天吃药都要偷偷摸摸的，反正吃了月经也不会来，我干吗还要吃！"

每月一趟的复查、开药，每个环节似乎都在提醒她，自己还是个病人，自己和别人不一样。在她看来即便病好了，自己的身份也是一道怎么都跨不过去的坎。对于小欣这样的病人，吃药是必须的，因为体内既没有卵巢也没有睾丸，维持女性或男性外貌全靠外来的药物补充激素。

我明白她的心情，无论表现得多乐观，这样的孩子，心里总是敏感而脆弱的，身边人的一个眼神、一句话就能对她们的心理造成致命的打击，甚至放弃治疗。

　　我开始像个真正的姐姐一样小心地安慰她，并为她的人生做打算。"你可以买两瓶维生素，把药放进去，就当天天补充维生素嘛。其实很多人都在每天吃药的，包括我啊，我有时候吃起药来也是好几个月不停。你和大家没什么不一样。"

　　劝她吃完药，我还关注她的情感生活。她说自己既没有喜欢的男生，也没有喜欢的女生。我不知道该不该感到高兴。我常常陷入矛盾，既希望小欣能有人爱，有人陪伴，又怕她去追求幸福反而遇到不珍惜她的人，让这个孩子再添一道伤疤。我只能督促她一定要留在大城市。没说的是，我希望她千万不要回农村，毕竟小欣这样的情况在农村的婚育观念下一定会吃很多苦。

　　为了让小欣能够取得好成绩，有机会留在城市里，我只能不间断地督促她学习，对她说："开学还得补考生病落下的科目呢，化疗也把书背来，休想偷懒！"

　　小丫头回了我五个字：你是魔鬼吗？！

　　我就像多了个妹妹。不知怎的，又感觉是这个小女孩支撑了我更多。

　　在小欣出院之后，我每遇到一个经验丰富的医生都会问对方，卵巢囊肿手术有没有什么技巧可以分享，一有时间我就去手术台仔细观摩。

　　我有时会跟小欣说，觉得自己做不好一个医生，好多时候都觉得无能为力，不知道自己的努力有没有用。然而小欣很郑重地对我说："姐姐，我觉得你很好啊，我爸妈也说你特别好。"

　　化疗以来，小欣一直表现得坚强乐观，她的懂事总让人忘记，这其实是个突遭变故的孩子。我突然觉得小欣的"乐观"或许只是因为不想让身边的人担心。她还是会在没人的时候跟我讨论生与死的问题。关于存在的意义，关于怎么面对自己，我其实和小欣一样，一边怀疑，一边摸索。我们唯一能为对方做的就是相互打气。

小欣吃着她的"维生素"，给我分享她大学生活里的点点滴滴，不知不觉，我心里的某个地方也慢慢愈合、结痂，我也终于再一次站在了主刀位上。

一个偶然的机会我知道小欣也喜欢看科幻小说，她还是我身边第一个把《三体》这种"艰深难懂又绝望"的真科幻小说看完的女生。

"二向箔飞向太阳系，把三维的世界降维成二维空间，此间的一切三维生物瞬间毁灭，但即使是这样，所有的信息依然印刻在了二维世界里，宇宙间的旅人依然能从中读出一句话：人类曾经存在过。"

"我们来过，就该留下一些什么，让这短暂而渺小的一生对得起自己的内心。"

那一天，我把这句话讲给她听，又好像是在说给自己。

我们都度过了自己的成人礼。

护士篇

携带者

2000年，我来到医院最角落的三层小楼。这里独门独栋，大门常年紧闭，周围连一棵树都没有，几近荒芜。唯一相邻的是个设施崭新的篮球场，但外面的人不愿意靠近这里，即使是盛夏的夜晚，球场也空荡荡的。当时我还是实习护士，分配过来之前就做好了心理准备。这里是传染科的所在地"传染大楼"，里面的大多数病人都是"携带者"。

刚来第一天，我跟在带教老师身后巡视病房，走的是大楼正中的医护专用通道。那天我从大门入口处的四人间走到毗邻护士站的单人间，整整30米的通道两边，全是站着的乙肝患者。"越往里走，病情越重。"

每个擦身而过的医生护士身上都散发着快速消毒凝胶特有

的味道。每间病房门口都有消毒洗手液。每走几步就有一处水龙头。消毒水的味道强势地在空气里弥漫。一切似乎都在清楚地提醒着进来的人：小心点，把自己保护好了。

我从护士站靠近走廊的窗户挨个病房看过去，终于明白了外界对这里的恐惧——有个病人因为肝功能受损严重，从皮肤到眼结膜都是橘子皮一般明晃晃的黄色；有个男患者的身体瘦成了杆，肚皮却高高隆起，像怀孕七八个月的样子，这是腹水的症状；甚至还有因为吃了江湖郎中的假冒伪劣草药导致铜中毒，从头到脚都泛出青铜色的病人……

"你来这里实习怕吗？"带教老师问我，"我也知道外面是怎么说传染科的。"

当时，医疗水平提高了，传染病容易被确诊，却很难被人理解，人们总是谈"传染"色变。这些外表怪异的人走在街上，不仅会引来侧目和嫌弃，那个铜绿色的病人说不定还会被人围观。所以他们多数都躺在病房里，哪里都不去。偶尔和我对上眼神，眼睛里都是防备和警觉。就是在这群人中，我认识了彭涛，全权负责他的护理工作。

走廊尽头的病房里，彭涛总是静静地坐在床边，面朝有阳光的那扇窗，只留给医护们一个抗拒的背影。如果没有医生护士进去检查，彭涛可以就这样坐一整天。只有一个活动能让他动起来：每天18点整，全病区的患者都会整齐划一地准时听收音机——"老军医研发出肝病克星，祖传秘方，专治乙肝！"这些极有诱惑力的字句在病区里回荡。

除此以外，他不会主动踏出这里一步。这间十多平米的病房好像有强大的磁场，牢牢地吸附着他。明明四周没有铁栏杆，却像一座监牢，将他关在了里面。妻子每次过来送日用品，他也是隔着一道窗户，久久看着对方。

当时我刚进医院，很多前辈都乐于传授经验，比如各个科室的情况，如何帮助棘手的患者，让他们接受治疗等。只是聊到传染科这种特殊情况，多数前辈都束手无策，他们觉得传染科就是这种氛围。彭涛这种病人，大家都认为难以改变。前辈们已经干了十几年，经验都是准确无比。只是这一次，他们错了。

传染病按"破坏程度"，分甲、乙、丙三类。甲类里只有两种：鼠疫和霍乱。乙肝属于乙类，平时我们会得的流感属于丙类。彭涛所在的一楼是传染科大楼里最凶险的病区：重症肝炎科。随时可能死亡的患者，才会被安排在这一层。病区需要对这里的传染病患者进行严格管理。

某一天，晨间护理的时候，彭涛蜷着身体，五官都拧在一块了，跟我嚎："护士，我肚子痛一晚上了，这会儿主任应该在上班，你去告诉他。"

我上前摸了摸他的腹部，整个腹肌紧绷绷的，手压下去、松开他都说疼，这架势一看就是腹膜炎的症状。要知道腹膜炎疼起来真的能"要命"，极容易引起感染性休克。彭涛却生生扛了一宿。我多问了一句怎么不早说，没想到他居然说因为昨晚的值班医生太年轻，他信不过。

没一会儿，得知消息的主任骂骂咧咧地走进来，一边给他检查一边嚷嚷："你到底想不想治？我给你下个出院医嘱，你有本事出院好吧？"彭涛老老实实地躺在病床上挨训，一句也不敢反驳。

我给他输上液，彭涛长出了一口气，露出得救的表情。我趁机逗他："从今儿起，你得配几个保镖，吃饭喝水得人家先试，没毒才可以吃。啥时候登基，好让主任当你的御医，24小时陪着你。"彭涛正皱着眉躺着，听我调侃他，扑哧一声笑了，又疼得嘶了一声，紧紧抿起嘴。

彭涛这人很怪，在治疗上格外多疑，全然不顾这些行为可能会害死自己。其实我能理解，这家伙是惜命才这么干，但不由得在心里替他捏把汗。

我想起之前在传染科看到过的一次错误示范：单人病房里乌烟瘴气，烟雾报警器疯狂闪烁着。一个披头散发的妇女扮成萨满法师，在病房正中围着火盆子念念有词，手舞足蹈。病人一动不动地躺在床上，被扒掉了病号服，光溜溜的身体上擦满了不明液体，看上去凶多吉少。家属在旁边跪了一地。

当时我被这阵仗吓得够呛，后来保卫科赶到，把病房里挤得满满当当的家属和"大仙"一并请了出来。大仙也没怎么反抗，有说有笑地等在门口，等家属办完出院手续，就跟着垂死的病人一起走了。

站在传染科的大楼门口，带教老师告诉我："你看，等下家里人还要上大仙的车呢，回了家继续跳，一直跳到人没了。"原来这个肝昏迷的病人已经救治无望，要回家等死，家属就请了个跳大神的队伍给病人驱驱邪，别把"不干净的东西"带进家里。

那些年，传染病人被错误的治疗手段误导，发生的怪事多了。"这不是第一个，也不会是最后一个。"

更让人着急的是因为病房比较封闭，这些错误的治疗手段会在患者中"传染"。每天18点，彭涛会和大家一起收听一档兜售药品的"养生"节目。他坚信，自己能和大家一起找到"自愈"的方法。而就在他身边，常有病人会当着医生护士的面拨打热线电话寻医问药。

我看过彭涛的病历，他患乙肝十年，病情已经从乙肝进展到肝硬化了，情况不容乐观。如果被错误的治疗手段误导，很快会耽误成肝癌。他的病已经不允许他继续躲在自己的小房间里一声不吭，以为熬一熬就能过去了。我不想让彭涛成为"下一个"。

彭涛太太带着两个孩子来看他的时候，我一度燃起了希望。因为多数传染科病人最大的心理支撑就是家人。孩子们倚在门口，带着许久没见爸爸的喜悦，像两只麻雀一样叽叽喳喳，问爸爸什么时候回家，说高兴了就要扑进彭涛怀里撒娇。

可高度戒备的反而是彭涛，他手疾眼快，将两个儿子死死拦在病房外面。他像个哨兵一样直勾勾地盯着孩子们，只要孩子们的脚一踏进门口那条线，他就着急地用方言说着什么，边说边比画。两个小朋友像门神似的站在病房门口，看着不让自己靠近的爸爸，渐渐瘪了嘴，小的那个眼圈红了起来。

我目睹了彭涛那充满父爱却不得当的防范措施，上前纠正他："你又不是接触性传染病，我们天天给你打针发药的，也没见谁躲着你啊！你把两个孩子丢在走廊干什么？"彭涛被我说得一时语塞，讷讷地说："可是也没人告诉我，可以近距离接触啊……"

他说自己真的很害怕，因为这个传染病，已经给妻子和孩子招惹了不少麻烦。听了他的讲述我才明白，这家人差点就要垮了。

彭涛一家人的生活发生巨变是从他收到那张写着"乙肝病毒携带"的体检报告单开始的。他不晓得这个词的意思，却从旁人的眼光中明白：只要自己带着这个病，就没有人再敢接近他，甚至是他的亲友。他不仅被马上辞退，更可怕的是，村里已经容不下这户人家。他的一举一动被村里人牢牢地盯着、防着，"别人家的小孩都不愿意跟我的孩子玩，女人们一块去赶集，唯独不喊我老婆"。

为了不连累妻儿，他躲起来不跟家里人接触，坚决不和老婆孩子用一个水龙头，上厕所都会跑去离家几百米外的公厕。可这并没有起到什么作用，乡亲们依旧躲得远远的，仿佛朝他家多看一眼都会被感染。最过分的时候，连他家的菜地旁都被邻居挖出一条深深的沟壑。一家四口生活在村子里，就像被人为地关了"禁闭"。所以到现在彭涛都不敢接触自己的家人，他担心万一真的传染给妻儿，整个家在村里就完蛋了。

我在病房里就纳闷了，乙肝的传播途径只有三种：血液、体液、母婴传播。既不会通过消化道也不会通过呼吸道，很多家属最忌讳的握手、拥抱、吃饭、打喷嚏，甚至接吻，只要口腔里没有伤口，都不会传染。

我拿来一包糖，直接将两个小孩拉进了病房，剥开糖块，一人嘴里喂了一颗。彭涛瞪着眼看我，那样子是在谴责我把他儿子带进了病房。看得出来，他还想一脚把我踹出去。但他没有，因为他不敢靠近自己的小孩。

我向彭涛详细解释了乙肝的传染途径，而且说医院也允许探视。彭涛一时语塞，讷讷地说："真的可以那么近吗？"

我趁热打铁："你左右走走看看，别的病房里的家属、陪护多了去了，大家都是肝病，就你的传播途径不一样？"彭涛的表情渐渐松懈下来。

我有点兴奋，话说得差不多了，我起身走人，把时间和空间都留给这一家四口。隔了半小时我又远远地偷窥，发现父子三人正盘腿坐在床上，抓着一把扑克玩得很欢乐。

那以后，彭涛说出了自己这十年的经历。这么长的时间里，他从来不敢相信自己居然可以触碰两个孩子。

刚确诊的那几年，在村里待不下去的彭涛第一次忐忑地走进了"传染科"。看了他的化验结果，医生给他发了一本乙肝相关的资料，一片药都没开，并告诉他注意休息、按时复查就可以正常地生活、工作。末了医生还特地拍了拍彭涛的肩膀："你瞧，这样是不会传染的，别怕。"

当时彭涛只是乙肝病毒的携带者，只是携带了病毒而已，只要按时检查，根本不会伤及身体。医生那风轻云淡的样子卸下了彭涛心里沉甸甸的石头。他拿着医生给的乙肝小册子，逮着乡亲就一字一句念上半天，努力向大家解释自己的病。可越念大家越害怕，越念大家离他越远。他本以为医生的诊断是一道护身符，没想到，却成了坐实自己得了传染病的审判书。

村里人的反应让彭涛心里发虚，他开始怀疑医生当时跟他说的话。如果医生没有骗他，为什么大家都要躲着他？

那是个传染病被严重误解的年代。而这当中，乙肝被误解得尤为严重。20世纪80年代末，上海暴发了甲肝，由于当时医学界未能对甲肝、乙肝进行严格区分，乙肝被误认为具有强烈的传染性。

当时国际上公布的数据显示，中国有一亿乙肝病毒携带者，在世界卫生组织的标准里属于"高感染区"。"十人一乙肝"带来了恐慌：乙肝成了就业的一项硬性规定。甚至有患者得了乙肝，要专门雇人去代体检。

彭涛作为家里的顶梁柱只能隐瞒自己的病情，在不需要体检的"黑工地"做工。为了更像一个"正常人"，彭涛干重体力活，和大家一块抽烟喝酒、熬夜赶工。医生叮嘱的"注意休息，按时复查，戒烟戒酒"统统被他抛诸脑后。只是这样的伪装，代价是自己的身体健康。

乙肝病毒携带变成了肝硬化，彭涛不得不向工头请长假。工头腰背笔挺地坐在那儿，赏赐一般把工钱甩到桌子的一角，宣告劳动关系永久终结，手边还准备了一沓卫生纸。平时和彭涛勾肩搭背的工友们，此刻都站得远远的。"这不是害人吗？有乙肝还在这里上班？"身后有人大声谴责起来，声音又尖又刺耳。这次经历让彭涛彻底死心了。

如今他在医院已经不再问得了病该怎么办了。他脑海里反反复复的只剩自怨自艾：为什么得病的是我？

我看得出是外界的眼光误导了彭涛的判断。他不再相信医生的话，反而觉得自己身上有恶性绝症，所以才把自己封闭在病房里。这些误导就像一条条死胡同，把他困在了迷宫里。如果没有人为他澄清这些误导，他可能永远没办法走出这间病房。

儿子们的到来总算让彭涛和外界有所接触，但一个人的时候，他还是会自己听收音机，期盼着能从那些"大师"的嘴里听到"乙肝阳转阴"的药方。

乙肝病毒非常狡猾，它会把自己的DNA连接在肝细胞DNA的尾巴上。这就意味着，一旦病毒进入肝脏，乙肝病毒将和肝细胞共存亡。因此，虽然乙肝可防、可控、可治，却很难被彻底清除。

"乙肝阳转阴"几乎是所有乙肝病人的执念。在彭涛的眼里，更是自己能做回"正常人"的标志。近两年彭涛到医院打听过乙肝阳转阴的办法。

医生听了彭涛的要求，只是拍了拍他的肩膀，用消毒液消毒了双手之后，转身去看下一位病人。但那一刻，这个常规动作就像一根刺，深深扎进了彭涛的心头。他误以为医生也和那些人一样，开始歧视自己了。

这让我想起来传染科之前，自己在外面听到的一些流言，比如"传染科周围阴气太重，种不了树"。带教老师和我讲过，住院部原先是想给传染大楼周围种上树的，只是被医生和病人全力抵制了。病人们觉得树荫挡住阳光，楼里阴气会重，兆头不好，也不利于紫外线杀死病菌；医生护士们则认为，整栋楼被隔绝在角落终年不见天日，已经很压抑了，要是连窗外的阳光都不能洒进来，太影响上班的心情。医生和病人一致的态度才让医院放弃了植树的计划。结果在外人口中就变成了传染科阴气太重。

当大家心里有疑惑的时候，也就有了倾向性，原本正常的事也被解读得反常。

也因此，彭涛总是胡乱猜测。他开始暗戳戳地观察医生的举动，脑子里像过电影一样，回想病房里的各种防护措施：医护人员频繁地洗手消毒，保洁员一日三遍全副武装地清洁擦拭，每个人身上弥漫着的消毒水气味……所有这些常规行为通通被他想象成了对自己的歧视。

他不再相信那些年轻的医生，不再相信那本薄薄的乙肝宣传册。他更愿意去听那些虚假的广播，毕竟里面的"大师"郑重保证自己能治好乙肝，而且装得和患者贼亲热。在他长达十年的病程中得到最多的是白眼和伤害，这也导致了他对医护人员的不信任。

我想带他出来。

我开诚布公地和彭涛好好聊了聊乙肝，试着让彭涛再次踏进他心目中的禁区。我从乙肝的传播途径讲起，再延伸到1988年由于上海甲肝暴发导致人们对乙肝有了连带的误解和歧视，最后坦然地告诉他，乙肝至今为止还是世界上尚未攻克的难题，而不惧怕它的最好方法，就是熟悉它、面对它。

　　"你也吃了这么多的苦，被这个病折腾得够呛，咱们从今以后有病治病，行不？"我坐在他的床边诚恳地帮他解答这十年来没人坐下来为他解答的疑惑。最后，我剥了一个橘子和他分着一起吃。他看着我说："上次有人这样做是十年前了。"

　　我买了一本日历送给他，在每天的日历背面我会写一条他当天要做到的事：今天主动跟医生护士问好；今天跟儿子一起出门。做到了就帮他打钩。我和彭太太结成了统一战线，接下来的日子合起伙来一点点撬动彭涛。

　　第一条就是："逼迫"他出门。

　　传染病区里的患者最不愿意做的事应该就是出门了。因为病症的原因，他们中有些人的样子怪异，怕被人盯着看，更怕被人看到他们是从传染科的楼里出来的，所以近在咫尺的篮球场总是空荡荡的。

　　周末的傍晚，彭太太带着孩子们来看彭涛。我觉得时机正好，靠在门口用手扇了扇风，说："今儿可真热啊，你们要不要出去抱个西瓜回来吃？"

　　彭太太一听，立刻推说自己不想动弹，麻利地掏出钱塞进彭涛的手里让他去跑个腿。儿子们听见了蹦下床准备穿鞋，彭涛却头也不抬地拒绝了提议。

　　两个小朋友立马一人一边抱着彭涛撒娇，不停地说着："爸爸去嘛，爸爸你去嘛……"

　　这次儿子们的撒娇失灵了。彭涛依旧没松口，连身体都没挪动一下。小儿子一屁股坐在地上哭了起来，大儿子也低下头，眼泪吧嗒吧嗒地掉。两个孩子一直在哭，彭涛只是死死地看着窗外，良久才说了一句："我从传染科大门走出去，哪个会卖东西给我哟！"

彭涛和其他传染病房的人内心一样：担心走出病房就会受到伤害。有病友之前自己带碗出去买饭，但因为有黄疸被人看出是肝病病人，对方不卖给他。彭涛也很害怕，他总觉得自己身上也贴满了"传染病"的标签。所以他把这个病房当成自己的保护伞，好像只要不迈出门，就不会被人防备，被人伤害。

我知道"别怕"这个词说出来很苍白，我指了指外面暗下来的天色，安慰彭涛："晚上没人看得清你是从哪个门走出来的，你没有黄疸，也没有腹水，一点'辨识度'都没有。买个西瓜又用不着体检！一手交钱一手交货就行了。"

彭太太也在一旁帮忙："医院这么大，又不是村里，连你是谁都不知道，还能知道你有什么病？"

见彭涛还是犹豫不决，我使出撒手锏"恐吓"彭涛："你不出门，下周就不让儿子们来看你，不给你交住院费，到时候连手纸都没得用！"

大儿子也在一旁表忠心："爸爸，村里人说你我都会骂他的，在这里我也可以保护你！"而他的小儿子突然止住了哭泣，从地上站起来，拿着一根痒痒挠跑到彭涛跟前，护着彭涛说："爸爸，我保护你，谁也不可以欺负你，谁也不可以嫌你！"

孩子们的话像是戳醒了彭涛，他哆嗦了一下，定定地看着病房的门。忽然，彭涛回过头看我，对我说："你要不要吃冰棍？我给你带一根。"

我就这么看着连拖鞋都没顾上换的彭涛，被两个雀跃的孩子拽出了病房。孩子们在彭涛身前跑着，拉着爸爸的手紧紧的，就像拽着一个不能放手的风筝。彭涛嘴里叮嘱着"慢点，慢点"，脚步却飞快，拖鞋"啪嗒啪嗒"忙不迭地打在地砖上，走廊里传来一路说笑的声音。

不知怎的，那一刻，我竟然有点想哭。

那个"出走"的夜晚过后，彭涛的胆子越来越大了。他发现自己出去并不会引起别人的特别关注。

那阵子彭涛突然就闲不住了。他会在其他病房里来回溜达，还"忽悠"其他病友组团一起出去："我今儿看见外面的西瓜挺好的，就是一个太大了，买回来吃不完，咱们一起去买吧，让他给我们切好，我们几个分分。"

"今天对面超市洗洁精搞活动，买一瓶大的送一瓶小的，要不要跟我一起去看看？"

最离谱的一次我听见他说："街上有人吵架了，这会儿估计还没吵完，我们去看看吧！"

起初彭涛的邀请会被人拒绝。他会用一种"你没去，你亏了"的表情自顾自地出去，再用一种登上月球表面的骄傲带着他买的东西回来。

时间一长，彭涛开始有组队的小伙伴了。他们从外面带来更多有趣的消息，连那些辨识度很高的黄疸病人和腹水病人也蠢蠢欲动，在身体允许的情况下都想出去转转："管他黄的、绿的！"

这些蜗居在感染科大楼里不轻易出门的病人将活动范围不断向外扩展。总有那么几个，喜欢在傍晚时分扛着桌椅板凳占据空旷的篮球场，围坐在一起吃西瓜、下象棋，或打着扑克高声说笑。这当中绝对少不了彭涛。好几次，我看见彭涛甩着牌，咧着嘴笑，脸上糊满了纸片，被夜风吹得扑簌簌飞舞。

关于自己的这十年，彭涛已经有了答案。现在，他正努力把自己的答案告诉更多人。他会毫不避讳地调侃自己，用自己曾经交过的智商税告诫那些听虚假广告的病友。每当这时，那个铜中毒的病人就会站出来挺他，用自己还没有完全好转的绿色模样现身说法，告诉其他人："不要乱吃偏方！"

彭涛的收音机里现在播放的是评书。好几次为了方便我这个评书迷一起听，他大中午把收音机放在靠近护士站走廊的窗台上。他的扰民行为不仅没有被其他病人投诉，旁边病房的病友也弄来一只收音机追起了评书。那段时间谁再听乙肝阳转阴的广告是要被其他病友嘲笑的。

平时护士们人手一管护手霜，查房的时候看到哪个病人手太干燥了，就会随手给病人挤一点抹上。病区里的医生们虽然工作起来依然表情严肃，却愿意在新病人入院时将科室特殊的构造，以及烦琐的消毒过程细细地讲解一遍，以打消病人的疑虑。还会劝病人多出去走走。我甚至听见过同事把病人当跑腿："五块钱一包的糖，我给你十块，回来咱俩一人一包。"

大楼中间的走廊依旧禁止病人行走，两边病房的门也从外面锁住，走廊上有无处不在的水龙头和消毒液，臭氧机早晚按时工作。只是，之前这些在病人眼中将他们和正常世界隔绝开的东西，每一样都成了为他们的健康保驾护航的安心所在。

彭涛不再质疑年轻医生，而是夸他们年轻有为。当他第一次笑着对医生说谢谢时，曾经被他冷脸相待的医生们都快感动哭了。

彭涛像一股暖流，把冷冰冰的科室解了冻。

转眼时间到了9月，我实习期满，可以出科了。我向还没有出院的彭涛告别，和以往总是白吃白喝他的东西不同，我花了当时够我两顿午饭的钱给他买了一块蛋糕，衷心希望他能早日从二人间搬进四人间。病房人越多，通常说明病情越稳定。

后来我又去到不同的科室实习，彭涛总能找到我。有时他淡定地告诉我没钱了，回去攒一段时间再来治病。他信誓旦旦地说："我一定会保重自己，陪老婆、孩子五十年。"有时他眉飞色舞地向我报喜，自己又学了一门手艺，赚了不少钱，可以继续治疗，医生说他现在的情况控制得很好。那些异样的眼光依然存在，但他已经可以无视周围人的误解，安安心心地在家里住下来，陪陪家人，干点累不着的活，"像个正常人一样"。

这个曾经只肯把自己关在病房里的男人，已经学会了珍惜身边的一切。彭涛说他活一天就珍惜一天，好日子总会出现，他等着。

彭涛的话真的很灵验。

三年后，第一例乙肝歧视案上了法庭，又过了两年，国家人事部也消除了对乙肝携带者的限制，让大家正常工作。到了2006

年，我们每个人都在电视上看到了刘德华出任乙肝防治宣传大使，当众宣布自己是乙肝病毒携带者。从那以后的很多年，乙肝依然存在，但是人们已经不再恐慌。不管是患病的人，还是那些患者身边的人。

活得像个正常人，彭涛曾经的愿望已经实现。

每个新年，我都会接到彭涛的电话，他总是用爽朗的笑声告诉我："嘿，是我啊，我还活着，活得好着呢！"背景音里很多人在说着、笑着、庆祝着，招呼他快点过去。

我感到无比安心，因为那些声音离得很近，就在他身边。

我脑中的橡皮擦

我是一名康复科的护士，但康复并不等于复原。很多东西是不能回到当初的，比如身体，比如记忆。

如果一个人的记忆只有24小时会怎么样呢？我就遇到过这样一个病人，忘记过去，忘记现在，被困在人生的某一天无止境地循环。她叫邵老太。这个85岁的老太太，记忆永远停留在了她30多岁的某一天，而偏偏那是她人生最难熬的日子。

第一次见邵老太的时候，她正仰面躺在ICU的病床上，一根长达30厘米的透明塑料管连接着嗡嗡作响的呼吸机，剩下的22厘米左右长度插在她的嘴里，死死压住她的舌头，贴伏着气管，吞不下吐不出，远远看上去她就像一条被甩在岸上还未脱钩的鱼。

她的记忆也像一条鱼。

此时此刻，她正安稳地沉睡。不过病床边的护士们可不敢放松，一不留神，邵老太就要跑了。我们用固定胶布将她的呼吸管牢牢固定在脸上，还给她上了约束带，防止她在意识不清的情况下拔除身上的管子和线路，但这可能无济于事。要知道，邵老太虽然85岁了，但身高有170厘米，体重也有170斤，手脚灵活，力大无比。不久前，她竟然生生扯断了两根约束带，那是成年男子都难以做到的事。

在护士们提心吊胆的注视下，邵老太渐渐苏醒了。刚一睁眼，还没来得及打招呼，她剧烈的反应就吓了我们一跳：拼命左右摇晃脑袋，想看清我们是谁。当她发现身边一个人都"不认识"，又在不大的床上来回扭动身体，妄图找个合适的角度伺机逃跑。惊恐的表情活像被绑架了的人质。面对惨白的灯光，她并不明白自己是在ICU，只是一门心思和周围陌生又让她害怕的一切对抗着。她不断对我们发起"进攻"。一旦有人靠近她，她就会"突突突"地发出呼气声，试图用她壮硕的身板和气势吓退对方。

这个85岁的老太太，正在不断从30多岁醒来。

邵老太患有阿尔茨海默病，她的记忆以24小时为限，天亮时分自动混乱或遗忘，不会累积。在ICU的这些天里，只有在女儿来探望时，她才会镇定下来，放下防备的姿态，反复询问女儿："闺女啊，你什么时候订婚？"她面前的女儿，今年已经50多岁了。

邵老太的女儿告诉我，患病后的邵老太回到了30多岁的脾气，暴躁、不讲理，还"六亲不认"，每天都挥舞拐杖叫嚣着将曾经疼爱的外孙、外孙媳妇赶出家门。几十年前，邵老太就这样时刻准备着与人发生冲突，因为她要从别人手里保护女儿。

邵老太的脑袋里就像下了一场雪，大部分记忆都是白茫茫的一片，只有女儿好似一株小松树，枝干上盛满雪花，却定定地站在雪地里，没有倒，也没有被雪埋住。

在以前，ICU从来没有病人会和医护人员作对。但邵老太不喜欢ICU，从住进ICU的第一天她就认准了一个目标：逃出这里。因为在这里，她每天只有一个小时可以见到女儿。

邵老太对我们不理不睬，随时摆出一副抗拒的姿态。她的双手被约束带牢牢地固定着动弹不得，就把嘴里的管子顶得咔咔作响，偶尔赏我们几个白眼，也仿佛在说：走着瞧。

只有女儿来探视时邵老太才真正地"活"起来。她靠坐在床上，女儿女婿一左一右地拉着两根约束绳，邵老太像牵线木偶一般挥舞着双手，一会儿指指窗外，一会儿指指女儿，一会儿又指着操作台上的我，痛心疾首地告状。

女儿安抚着手舞足蹈的邵老太："妈妈，你坚持七天，只要坚持七天，我们就可以拔掉管子回家。"但我和邵老太的女儿都知道，这大概率是一个无法兑现的承诺。

邵老太的诊疗单上列着长长一串病症：慢阻肺、肺心病、高血压、高脂血症、腔隙性脑梗死……这些名目哪一个都可能致命。尤其是慢阻肺，这个病没有彻底的解决办法，病人的肺会慢慢堵塞，无法呼吸，最后活活憋死。那些邵老太拼命想要摆脱的仪器，正在把她的生命线一点点拉长。

可邵老太根本不屑于配合我们的治疗。她每天醒来都在用一种怪异且防备的眼神打量着一切，板着脸，守在床位上，摆出一副生人勿近的防御姿态。情绪激烈的时候，但凡有医护人员靠近，她就会挣扎着起来，亮出枯干的双手，一把抓住对方，上下一通又掐又挠。

我们穿着夏装，短袖遮掩不了手臂上的伤痕。邵老太的女儿目睹了邵老太的"残暴"，决定亲自上阵，劝说老妈"放下利爪，化敌为友"。可惜邵老太摆出一副六亲不认的架势，铁了心地让女儿把她弄回家，无论孩子们如何哄劝安慰，邵老太只认定一个事实：只要你把我丢在这里，你就是我的敌人！

隔着玻璃，我远远地看着邵老太的巴掌一下又一下朝女儿和女婿身上招呼。而50多岁的女儿、女婿夫妻俩就那样双双站着，一动不动地挨揍。我心里挺不是滋味，但也知道，这对邵老太的女儿来说可能反而舒服一点。

邵老太的女儿曾告诉我，母亲一辈子都是个要强的人，大半辈子都是母女两人相互支撑挺过来的。她还小、不记事的时候，母亲就带着她经历了"大跃进"和"大饥荒"。邵老太的女儿有时也会想，母亲要多努力才能带着自己生存下来，还没让自己的心里留下任何糟糕的回忆。

邵老太的女儿拿出一张照片给我看，照片里的邵老太眉目清秀，眼神里有几分倔强，好像随时要从照片里跳出来念叨你两句的爽利模样。这个出生于旧社会的老太太，小时候吃过很多苦。她不识字，只能做繁重的工作，但是好在非常聪明，又能打得一手好算盘，新中国成立后当了供销社的社员。谁知婚后没几年，丈夫生了一场大病离世，好端端的一个家只剩孤儿寡母相依为命。邵老太的女儿唯一记得的是母亲在那段时间变了，变得将泼辣和凌厉刻在脸上。邵老太不仅要带着女儿吃饱饭，还要在那个时代里，争取孤儿寡母难以获得的尊严。

由于没有父亲，学校的熊孩子会围着女儿，嘲笑她是没爸爸的孩子。女儿哭着回家后，邵老太会拉着女儿上门要求熊孩子道歉。总有一些家长梗着脖子不肯道歉，体形壮硕的邵老太为了给女儿出一口气，堵着熊孩子家的大门骂个不停，骂到对方家长赔礼道歉为止。

邵老太为了让女儿有保护伞，总是善待女儿的朋友，在那个吃喝稀缺的年代，时不时塞给女儿的朋友几块糖果，一个头绳等小玩意。她想着自己对小朋友们好，这样能让他们也保护女儿。那个仗着自己的身高、体重比别人更有优势的邵老太，像只鹰一样拼命挥动翅膀，顶风冒雨地给女儿辟出一片晴空。

女儿回忆起那段时间的往事，似乎邵老太的英雄事迹怎么也说不完："我妈每次都是抱着我，跟我保证说她一定会陪着我长大。我还和她拉钩，要陪她变老。"说到这里，女儿很难过，"母亲现在一定觉得我把她一个人留在这里了。"

或许是那个年代在邵老太身上留下的印记太沉重了，邵老太患上老年痴呆后，记忆虽然不断在遗忘，却一直停在了那段岁月。女儿是邵老太记忆的主角，也是她记忆的守门人。

　　邵老太的女儿看到我们的伤，满怀愧疚地双手合十，弓着背连连道歉。我突然想出了一个法子。

　　接下来每天短短一小时的探视时间，邵老太的女儿硬是拿出十几分钟给我们这些小护士挨个道歉。邵老太起初像看戏一般，乐颠颠地看女儿一个个赔礼道歉，可慢慢地邵老太觉得不对劲了。她开始计较起女儿在我们身上花费的时间，那宝贵的一分一秒都应该属于她才对。邵老太不满地拍着手，恨不能下床把女儿一把薅过来陪着她。可一向孝顺的女儿不为所动，执意花费时间来赔礼道歉，还会认真看着母亲的眼睛说："这是你伤害过的医生和护士，我作为你的女儿，应该给他们赔不是。"

　　邵老太一下就慌了，眼睁睁看着自家女儿整日对我们这群小辈点头哈腰。她脸上渐渐显露出几分心疼，几分疑惑。她忍不住上下晃动着脑袋和手臂想阻止女儿，嘴张得大大的，却发不出声音。我们都看得出邵老太那份焦急与不解。

　　我趁热打铁对邵老太说："奶奶，你打我们，阿姨就要给我们道歉，你打得越厉害，阿姨道歉的时间越久。你不心疼我们，也要心疼阿姨和宝贵的探视时间，对不对？"

　　邵老太眼睛横了横，又妥协地点点头，像是在许诺我。这个世界的规则真的很公平，就是一物降一物——女儿让邵老太生出铠甲，而女儿也是她的软肋。

　　沾邵老太女儿的光，我们惊喜地发现，邵老太对我们"温柔"了。像是经过了深思熟虑一般，邵老太依旧张牙舞爪，但对护理操作不再又抓又挠让我们见血，而是挥舞着拳头象征性地威慑一下。

　　我们也趁热打铁，在邵老太心情好的时候陪她聊天。她是个极有手语天分的老太太，我们起初半蒙半猜她的手势，猜对了，邵老太竖起大拇指，猜错了，邵老太翘起的小拇指，明目张胆地嘲讽我们。渐渐地，我能一眼就看懂她那"专业八级"的手语在说啥，时常和邵老太凑在一起"聊得"热火朝天——我用嘴，邵老太用手。

　　我总是刻意地向她强调"配合治疗"与"回家"的关联性，一下击中了邵老太的心思。她的病情逐渐稳定，从24小时上呼吸机到每天能够脱离机器2—3小时，再到允许床边短距离轮椅推行。这种一日好过一日的变化，让邵老太看到了回家的希望。

　　她不再摆出一副剑拔弩张的样子，有时还会在忍耐完让她很难受的治疗流程后，露出一副"我乖吧，快夸我"的讨赏表情。就像过去一样，她想要讨好女儿身边的小朋友，只为了让他们对女儿好一点。

　　我们满心希望邵老太能够脱机、拔管、安全出科，但邵老太几十年的肺部疾病根本不容许我们随意乐观。监测一周之后，邵老太的肺功能依旧没有恢复，只要脱开了呼吸机，她的胸部就像被人踩着，一呼一吸都会受到极大的限制，这正是她的最终走向——一步步走向窒息。

　　呼吸师告诉邵老太的女儿，邵老太需要拔掉嘴里的气管导管，立即进行气管切开手术，继续留在医院用呼吸机维持治疗，否则生命会有危险。

邵老太的女儿毫不犹豫地点了头："我知道会有这么一天。"女儿做好了心理准备，可满心憧憬着要回家的邵老太并没有。

邵老太再次见到女儿时，她努力操纵着面部肌肉，想调整出一个喜悦的表情，但就在听到女儿说"还不能回家"时，她出离愤怒，哐当哐当地拍着床栏，恨不能当下就扯断约束带逃回家。女儿在床边缓缓俯下身凑近母亲，和她头抵着头，耐心轻柔地解释着。

邵老太没有用她擅长的手语给出任何回应，只是用自己的脑袋恨恨地，一下一下撞着女儿的脑袋。女儿不躲不闪，只是一遍又一遍用轻柔的语调重复着那些话："你要听话啊，乖啊……"邵老太的动作渐渐慢了下来，也轻了下来，她满脸泪水，疲惫地闭上了眼，然后微不可见地冲女儿点了点头。

站在旁边的麻醉师一拥而上，将邵老太麻醉，又利索地在她的脖子上装了另一根短短的气切套管——这根套管将代替嘴里取出的长塑料管继续维持邵老太的正常呼吸。

麻醉醒来的邵老太迷迷蒙蒙地睁开眼，打量四周。头顶的天花板好像和家里的颜色不太一样？她又用力眨了眨眼睛，表情随即变得惊恐。天花板还是ICU的天花板，日光灯还是ICU的日光灯，就连四周围着的人都还是ICU里的那群医生护士。唯一不同的是，自己脸上交错的宽胶布和嘴里那根长长的塑料管，没了。

邵老太咂吧咂吧嘴准备开口说话，突然惊悚地发现，自己的嘴可以一张一合，却发不出任何声音！这下邵老太彻底慌了，她用力拍打着床栏，扭动着身体想要挣脱约束带，整张床都发出咯吱咯吱的响声。

　　我们赶紧请邵老太的女儿来安抚。可女儿刚一走近，邵老太凌厉的眉眼就挑起来了，两片嘴唇上下翻飞，手指还不住地指指戳戳——八成是在骂人，一边骂女儿，一边骂我们这群讨厌鬼。女儿来到邵老太的床边，边微笑听着，边点头哈腰地给母亲道歉，说自己不该骗母亲。

　　我尝试去握邵老太的手，希望能平息她的怒火。谁知她用大拇指灵活地掐了下我的手背，留下一个深红的指甲印。我抬起头，愣住了。

　　邵老太射向我的眼神凌厉得像把手术刀，里面写满了质疑与抗拒。我从未在老人身上见到过这种眼神。我和这双眼睛对视着，突然能想象到，邵老太30多岁那些年是如何保护她的女儿，捍卫母女尊严了。但这也说明，之前辛苦建立起来的信任就像邵老太的记忆一样被一朝清零。她又回到了30多岁那些年，对任何事物都充满防备的状态，谁也不知道该如何让她走出来。

　　邵老太回家的梦破灭了，她不知道自己还要在这个不喜欢的地方待多久。更糟糕的是，她在那段记忆里越陷越深。

　　她会比画着问我："我是不是要死在这里了？"还没等我们回答她，她又比画着说："我能不能回家？我女儿还小，还没有订婚，家里总有一对占便宜的小年轻蹭吃蹭喝，我能不能回去？"她一刻不停地比画着，带着央求，带着讨好，一点也不像女儿口中那个当年威风八面的老太太。

　　休假前的一个夜班我给邵老太抽血。她突然攥住我的手，一上一下地拉扯着，在我胳膊上掐出来一道道红肿的痕迹。

我的两只手火辣辣地疼，邵老太却在一旁露出得意的表情。我看着自己的胳膊，各种情绪涌上心头：明明我是为了邵老太的身体着想，得不到理解就算了，还要受这样的委屈。忽然，我咧开嘴在病房里号啕大哭。

她惊呆了，拉起我的手，轻轻碰了碰那些血道子，比画着问我："这是我挠的？"

我边哭边把胳膊举得老高给邵老太看："就是你干的！让我妈妈看见了要来找你报仇的！"

邵老太一听到"妈妈"这个词，立刻反应过来，捧着我的胳膊，小心翼翼地摸了摸伤口，给我擦了眼泪，然后伸出一根手指放进嘴巴沾了下口水，作势就要涂在我的胳膊上。我立马跳开，连哭都顾不上了。

以前的人总是有着各种各样的土方子，女儿有时磕了碰了，邵老太会呼扇着胳膊，嘴里念叨"痛痛飞走咯"安慰女儿。给伤口涂口水，也是老人家常用的方式。邵老太想替我消肿止痛，就像若干年前，在女儿被人欺负以后，她曾为女儿做过的那样。只有亲近的人才会想着这么做。

这是我接触邵老太以来第一次看到她真的像一个85岁的老人一样，温和、慈爱地照顾小辈。那一刻，那个下意识的动作就是一个母亲的反应。她摸着我胳膊上的伤口，反复念叨着什么，好像在说："痛痛飞走咯。"她还是那个母亲，那个会把女儿护在身后，一个人担下外面世界所有风暴的母亲，不管她记不记得。

很快，邵老太的病情又有了新进展：她患上了消化道溃疡。

可怜的邵老太成天躺在床上，只要她肚子咕噜一声响，我们就会忙不迭地围上去帮她清理，再让护工阿姨打水给她擦身。为了避免皮肤破损，时不时还会用防潮灯照射她的皮肤。

这下邵老太坐不住了。邵老太不像其他的老太太会随便让人清理身子，她连换衣服都不想让其他人帮忙。看着邵老太羞涩地举起拳头，我突然理解了，她的记忆还停留在自己最好的年纪，连头发都一丝不乱地抿在耳后，怎么可能随便让人看身子。

我们也想出了逗邵老太开心的法子。每天给她翻身照防潮灯的时候，我们摆各种"造型"，就像闺密一样和她开玩笑。

渐渐地，她也放下了包袱，慢慢开始配合我们。直到有次我发现，换衣服时她举起拳头打在我身上，那力度就像在捶背一样。原来，要让一个人走出过去，最好的方式就是先理解过去的她。

比起换衣服，让邵老太更难受的事儿来了——我们不让她吃饭！

消化道溃疡的患者需要禁食，但邵老太的记忆还停留在那个没有吃穿的年代，看向我们的眼神总是"绿油油的"。要知道邵老太是经历过大饥荒的人，她这一辈子对"吃饭"这件事非常有执念。

邵老太的女儿不止一次说过，就算后来日子好了，大家也是吃不饱、穿不暖，眼巴巴望着供销社。而邵老太担任的供销社社员是一个"高端职位"，可以有些小便利，例如私下不凭票交易一些物件。但邵老太耿直，不会用这一套给自己谋福利，不拉关系，也不愿意靠别人。丈夫去世后，她用自己的死工资养活家里的四个老人和一个孩子，一家六张嘴只能节衣缩食。

后来，邵老太把女儿送去读书，需要的额外开支更多了起来，但在给女儿买书上邵老太从不犹豫。代价就是邵老太更加"克扣"自己，除了给老人的，其余的肉票都留着给女儿补充营养。自己的菜里成天见不到一丁点荤腥，一周吃个鸡蛋就算是开荤了。那时候的邵老太特别"吝啬"，恨不得不吃饭用西北风把自己喂饱，但是却在女儿订婚前爽快地拿出一把把供应票据：米、面、油、肉，让女儿嫁得风风光光，衣食无忧。

但邵老太落下的"病根"就是那段时间真的饿到怕了，现在禁食，她再次陷入当年无米无粮的恐慌中。

ICU里，一个昏迷的病人躺在她旁边。有次她突然很严肃地跟我们一下一下比画着："这个人住进来好几天都没吃饭，应该是被饿死了！你们得把他抬出去，不然会发臭的，我保证不告发你们。"

她甚至会在禁食期间不断产生各种"幻觉"：有时指着科室的药品冰箱，愣是让我从里面给她拿根冰棍。在我们给她输状似牛奶的"脂肪乳剂"时，她指着旁边的除颤仪说，牛奶要放进微波炉里，热热更好喝。

邵老太经历了一周的幻想，终于等到解除禁食的日子。我等不及她女儿送来的饭，先给她泡了一碗藕粉。邵老太丝毫不晓得何为矜持，一把抢过，两三口囫囵吞完，然后指着我比画："太少了！是不是觉得我打不过你了，不给我吃饱？"

那段时间里邵老太只要一有机会就想要吃的。而我们也在控制量以内尽量满足她的要求。对经历过那个时代的人来说，当下最需要填补的就是曾经缺失的安全感。

治疗接近尾声，邵老太的情况越来越好。只是住院时间一长，她忽然关心起自己的医药费，心血来潮地问我，自己住院花了多少钱。还抓着女儿问，家里还剩多少钱，会不会因为她住太久，家里已经吃不上饭了。

我意识到，她的记忆交错在一起，时而清晰，时而混乱，但总离不开她的小家，和她一点一点熬过来的那些日子。

女儿听完笑了出来，告诉邵老太："老妈你享受退休职工的医保，有报销的。"邵老太松了一口气，但随即又摆出一副不赞同的表情：工会的钱也不能浪费，家里和组织的钱总是花一天少一天的。

后来，为了让邵老太安心，她女儿探视时带来了一沓红红绿绿的钞票。从那以后，邵老太多了一个乐趣：每天晚上定时清点账目，把每张钞票都捻得哗哗作响，就像她年轻时做供销社的销售员时一样。那些来自过去的记忆总能给她最大的满足感和安全感。

数完了钱，邵老太会把钱缝进自己的被子或枕头里，然后幸福地睡着，第二天起来就忘个精光。

于是，我们也配合着邵老太，交接班的时候一人放哨，一人悄悄拆开邵老太的被子或枕头，把红红绿绿的钞票取出来，清点一遍之后交还来送早餐的女儿，让她下午探视时再送来一遍。

这个场景每天都会在ICU里上演——女儿每天都不厌其烦地送，邵老太每天也会不厌其烦地点。女儿送来的钱一直没少，邵老太很开心，她得出了自己的结论：钱没少说明自己没有地方需要花，那么病情一定是在慢慢好转。对于这样的"小游戏"，女儿和邵老太之间已经心照不宣。

罹患老年痴呆之后，邵老太总是喜欢到处找旧版人民币和各种票据。女儿问她找来要干什么，邵老太便一脸焦急地说："我存的那些粮票、布票哪儿去了？你马上要结婚了，我得给你准备起来。"

女儿只好每天都拿着新版人民币带着邵老太去买旧币，还会把结婚证给邵老太看，告诉邵老太，她已经成了外婆："你每天赶走的小两口是我生的娃——你的外孙和外孙媳妇。"女儿不停地重复，希望邵老太即使活在过去，也能找到安全感。

因为曾经的母亲也是这样为了她一意孤行的。

女儿初中毕业时，很多人说让邵老太的女儿顶替邵老太进厂当工人，赶紧赚钱补贴家里。但邵老太最懂女儿的心思，她对女儿说："我一辈子不识字，但妈知道你爱读书，我希望你能做个有文化的人。"女儿知青下放时，邵老太邮寄各种书给女儿，鼓励她不要放弃文化课。女儿知青返城后，谁也没有想到，邵老太没让女儿进厂子，而是让女儿去参加高考。

女儿成了恢复高考后的第一批大学生。为此，邵老太感到非常骄傲，她不止一次地告诉女儿，唯有读书才能改变生活。女儿也很感念："都是母亲，我才是现在的我。"

　　一眨眼，邵老太从夏天住到了秋天，病情也趋于稳定，一切都在朝着好的方向前进。邵老太可以脱离呼吸机的时间越来越长，活动半径多了一些，每天像巡洋舰似的在病房里散步一圈。把自己和周围被仪器包裹着的病人比比，脸上竟然隐隐浮现了一丝优越感。或许她是觉得，和其他挂着吊瓶的病人比起来，自己还有的吃。她需要使用的药物也逐渐减量，主管医生开始重新考虑让她彻底脱机的事。

　　我们都做好了邵老太出科的准备。我给邵老太的女儿推荐了一款家用无创呼吸机，邵老太也向我们保证，按时吃药，避免复发。她那快活的神情让我觉得，虽然她30多岁时的年月很艰难，现在又重复了一遍，不过，可能也是充满甜味的岁月。

　　临出院前，邵老太已经获准在ICU内短距离活动。她的隔壁新收进来一个因车祸受伤的小男孩，双腿裹着石膏动弹不得，整日哭喊着要回家，像极了刚入院时的邵老太。

　　邵老太对这个新来的小邻居很好奇，慢慢踱到小男孩身边。她摆出自认为最好看的笑脸，摸摸小男孩的脑袋，掏出女儿留给自己的点心放进男孩的嘴里。饼干、橘子，邵老太像一个变戏法的圣诞老太太，笑眯眯地一口接一口地喂小男孩。不一会儿，嘴里鼓鼓囊囊的小男孩就不哭了，甜甜地冲着邵老太喊"奶奶"。邵老太无声地应着，摸着小男孩脑袋的手更温柔了。

　　那段时间，来往经过ICU的病人和家属总能看到这一老一小凑在一起乐呵呵的身影。在这个连空气都异常凝重的屋子里，从没有过这么多欢乐和温馨的气息。

　　小男孩出科那天，他一步三回头地挥手跟邵老太告别，大声冲邵老太喊着："奶奶，你好了记得来看我！"男孩的背影消失在了走廊的尽头，邵老太依然倚在ICU的门口，定定地站着，很久很久。

突然，她转头问我："男孩呢？"

我愣了一下，随即反应过来，告诉邵老太："男孩回家了。"

"他回家了？"

"嗯，回家了。"

一遍又一遍，邵老太重复问了我很多次，我就陪着她回答了很多次。

我不知道邵老太答应去看小男孩的事她能记着多久，但是看到她的记忆里开始出现新的角色，我由衷地开心。

我总觉得邵老太是个要强的人，于是不停地鼓励她："邵老太欸，你这么厉害，咱们也努努力，争取早点出去呗？"邵老太没应我，只是一个人若有所思。

下午外孙和外孙媳妇来看望邵老太。以往，他们在邵老太的眼里是经常闯进家里的小偷，但在那一天，邵老太整个下午都是笑嘻嘻的，也没有赶人，只是看着外孙说："我再坚持两年，重孙子都来了，我一定要出去，给他包红包！"

当时我以为邵老太的愿望肯定能够实现，因为接下来只剩试堵管了，只要成功，她就能出院。

让所有人没想到的是，准备试堵管的前一夜，邵老太的病情再次出现变化。病情变化之快，预后之差超出我们的想象。靠着呼吸机和各种药物，邵老太仅剩最后一丝呼吸。

　　我深知慢阻肺病人的最终走向，也深知85岁高龄、多种病缠身的病人的病情反复是一种常态，但我总觉得邵老太那么威武彪悍，完全可以再打一场胜仗。

　　邵老太穿着粉色的小碎花睡衣，双眼紧闭，空前安静地躺在床上，身上缠绕着各种管道和仪器线路——这是邵老太最讨厌的状态。她讨厌这些仪器把她像困兽一样困在这张小床上，让她回家的路越来越远。

　　所有仪器上的参数都在告诉我们：这个老人战斗了一辈子，现在要鸣金收兵了。

　　邵老太的女儿从容镇定，不管医生告诉她什么不好的消息，她都只是点头，微笑致意。只有在面对母亲时，她会俯下身，靠近母亲的额头，语带哽咽，轻轻说着告别的话。

　　她说过，邵老太患病二十多年，年龄也一日大过一日，这些年进进出出医院无数次，她已经想过了任何结果。现在这一种结果，她觉得未尝不好。至少邵老太不是孤零零地缩在旧时记忆的角落里，默默承受最苦难的那段时间。她不再挨饿，她有数不清的粮票、布票，她的女儿每天都在告诉她，自己嫁给了一个好人。

　　这些日复一日的喜报，就像一块"橡皮擦"，每个人将它高高举起，在邵老太生命的最后一段时光里，帮她擦去过去那些不好的记忆，让她尽可能沉浸在幸福里。

　　邵老太走后的很长一段时间，我会不自觉地在一拨拨病人里寻找邵老太的影子。恍惚片刻后我才意识到，邵老太已经离开了，而且，是带着美好的记忆。

她战胜了过去。无论是30多岁还是85岁，她都记得自己是幸福的。

爱、死亡与龟仙人

在医院里工作久了，人就会变得不信神佛，但这两年我还是会去寺庙。每次站在宝殿正中我双手合十，就一个简单的心愿：天下无疾，万药生尘。碰见老黄之后，这个愿望在我心里变得尤为强烈。我曾经想，如果佛祖显灵，让我给老黄最好的祝愿，那一定是让我们治好他的胰脏，好好活下去。

老黄是我在外科轮转时遇到的病人，73岁，胰腺癌。胰腺癌是"癌中之王"，致死率和治愈难度在癌症中数一数二。老黄也很困扰，他说这个病太委屈自己，连甜食都不能碰。我答应过老黄，如果他能活到"五周岁生日"，我一定亲手给他做个蛋糕，十寸，千层的。面皮里塞满杜果块，上面铺满草莓粒，红彤彤一片，让他一气吃个够。

　　老黄不在乎生死的样子实在太反常了。在医院工作了18年，我看到了太多人最后的样子，有人放弃，有人被迫放弃，有人迫切地渴望活，却屈服在病魔的侵害下，有人搏斗到最后一刻……这些反应都没有错，都是人最本能的选择。但偏偏老黄和他们都不同。他从住院开始就脱离了我的掌控，把这里当成了游乐场，干了数不尽的"疯事"。更要命的是，我手底下的一帮小姑娘都在跟他一起疯。总有病人转头找到我："护士啊，这个老黄家里什么来头啊，他得了这病怎么这么看得开？"

　　我知道，这个人，我是忘不掉了。

　　2008年夏末，老黄来医院"报到"的第一天，我一看他的面相就知道跟这人开玩笑绝不会被投诉态度有问题。

　　北京奥运仍有余热，这个干瘦的老头穿着奥运文化衫晃晃悠悠地进了护士站，"啪"的一声把病历本放在我面前。

　　"我要住院，要住人少的房间，最好朝南边。"老黄的唾沫星子乱飞，须眉皆白，眉梢和唇角留下花白的两撇，活像七龙珠里面的龟仙人。

　　我打趣地问他："住个院干吗挑挑拣拣？还坐北朝南，你当买房子置业呢？"

　　老黄换上一副惨兮兮的表情，说自己有糖尿病，偷吃东西老婆就要骂："我老婆很凶的，房间里人少一点，看见我挨骂的人也会少一点。"他说完，突然四处张望，像是怕这话被几十里外家中的老婆听见。

"而且我进大门的时候发现了朝南的窗户正对医院大门，可以看到小食摊，还可以观察我老婆有没有过来。"老黄凑近我，眉飞色舞地打着小算盘。

我带老黄来到符合他要求的房间，指着窗户说："坐北朝南，非富即贵。大爷你住进来一定长命百岁。"可我发现他选的这个位置不只可以观察到小食摊和老婆，还可以观赏到一群广场舞大妈。

我之所以和老黄打趣，是因为我看见了他的入院诊断：胰腺癌待排。

老黄今年73岁了，俗话说"七十三、八十四，阎王不叫自己去"。老黄半年内体重下降十来斤，还伴有腹部轻度胀痛，近期血糖又在升高，情况不容乐观。但眼前的老黄非常开心，我觉得他压根不知道自己的病情。看老黄一副来医院住上几天就可以欢喜回家的模样，我不知道怎么说话才好，生怕不小心戳破了表面的平和，让他的笑脸垮掉。

"那个，老黄啊，你老太婆没来，儿子怎么也没来啊？"我话刚说完，一个大嗓门在门口响起——"我来啦，有什么事不？"

我转过头，乐了。老黄的儿子就是个"加大号的老黄"，手里捻着根棒棒冰迈进了病房。

"有什么事问我也行，问我爸也行，随便。"老黄的儿子边说边递给我一整根棒棒冰，另一根自己和父亲一人一半。

老黄对儿子的分配非常不满意，他盯着我手里的一整根棒棒冰幽怨地说："我都得了癌症了，不晓得能活几天，你还不让我吃个整的！"

　　这下轮到我愣住了。一般来说，不管是疑似还是确诊的癌症，我们都会用"Ca"或者"MT"来替代"癌症"这个刺眼的词。既是避免病人突然崩溃，又可以替家属打打掩护。我看了看老黄，又看了看他儿子，这爷俩的反应让我不知道该怎么接。

　　"老黄，你知道什么是癌症吗？"这样问不行吧……"老黄，癌症是什么，你晓得吧？"这样好像也不合适……我脑子里一时检索不到杀伤力比较低的方式提问。

　　老黄的儿子一脸轻松，准备收拾父亲的生活用品："你随便问吧，我爸啥都知道，你啥都不用忌讳。"一旁的老黄一脸不爽，他好像只介意自己的棒棒冰被扭走了一半。

　　说实话，我并不相信这爷俩的"洒脱"，总觉得他们只是暗暗做最坏的打算，不在我面前表现出来罢了。

　　胰腺癌有多可怕，我曾亲眼见过。这种癌太难被发现，大多人查验出来时就是晚期，昨天还像正常人一样生活，今天突然就要准备后事。巨变之下，人的精神就会崩溃。我见过病人听到这个病名时各种各样的反应，有的愤怒，有的错愕，有的忙不迭地否认，有的"扑通"一声跪倒，开始求神拜佛。总之，从表面到内心一定不会平静。像老黄和他儿子这样明明白白又浑不在意的我从没见过。

　　我后来才知道老黄来住院前做了很多"攻略"，关于什么是胰腺癌、治疗方式，他都一清二楚。这都是老黄的孙子，医科大学在读生"小黄"直截了当、一字一句讲解给自己爷爷听的："癌症之王，不好治，生存期大多在一年左右……"

老黄住进来之后的检查都在按部就班地进行，所有结果都一步步向着胰腺癌这个诊断靠拢，慢慢重合，尘埃落定——他确实得了胰腺癌。

主任亲自找老黄和他儿子谈话，我很好奇这爷俩的反应，尾随其后。主任拉着老黄的儿子轻声细语，小心说着最终诊断，征求他的意见。这时老黄突然凑过来，一副中了六合彩的模样说："看来我孙子没白学医，至少能看出我得了什么病！"

我看看主任，主任看看我，我俩又一齐看向老黄。主任愣了一会儿，询问起父子俩接下来的打算："你们准备在本院继续治疗还是转上级医院？"

这是一个基本的征询流程。通常来说，病人一旦确诊，立刻头也不回地奔赴上级医院，连给我们的背影都透着嫌弃。

可老黄看着"宣判"他的主任，依旧乐呵呵，还把干瘦的胸脯子拍得啪啪作响："主任，我哪儿都不去，就在这里治病，你拿个你认为最妥的方案，我相信你！绝对支持你！"这个像龟仙人一样的瘦小老头，用一种身高二米八的气场放出话来。

我和主任都有点感动，像老黄这种信任的态度是对医生最大的尊重。我俩暗下决定，要用对待"团宠"的方式好好待老黄，控制好血糖，才能进行手术。

我没想到照顾一个病人还要斗智斗勇。我从没见过这么害怕测血糖的老头。一天四次的血糖监测，他到处东躲西藏，让我在病房找了整整八圈。

"小妹啊, 十指连心知道不? "老黄不止一次跟我抱怨。

我望着手中的采血针, 顿时觉得自己像是阴狠的容嬷嬷, 还有点罪恶感。我就用采血针试着戳自己的手指头, 半晌, 指着老黄说: "好你个老黄, 随便编派我! 一点都不疼, 你少来装可怜! "

老黄用舌头舔了舔拇指和食指, 然后对搓, 一副要数钞票的架势, 再摸着耳朵嘿嘿地笑。这是他的标志性动作。

为了让这个老爷子配合测血糖, 我想尽一切办法: 除了用自己的手指 "示范", 还会在他吃第一口饭时给他看戏曲节目, 一两个唱段下来刚好够测血糖的时间。就连老黄的儿子都夸我们 "服务周到, 感动中国"。

但老黄仍 "不领情"。有一次, 小护士去测血糖, 回来之后说老黄要她转唱一首歌给我们听。我和主任翘首以待, 小姑娘张嘴就唱: "红岩上红梅开, 千里冰霜脚下踩, 三九严寒何所惧, 一片丹心向阳开……"

主任笑出了眼泪: "这个老黄, 把我们科室当 '渣滓洞' 了。"

这绝不能忍。我冲进老黄的病房, 用自己那五音不全的嗓子对了一曲: "想当初, 老子的队伍才开张, 总共才有十几个人、七八条枪……"我被老黄这个男版 "江姐" 活生生逼成了女版 "刁德一"。

那年夏天为了对付老黄, 科室里的爱国热情空前高涨, 上到科室主任, 下到保洁、护工, 每人都能对着老黄唱几句革命歌曲。

对歌败下阵来，老黄又转而想收买我手底下的小姑娘。九月底老黄给我们摘桂花去了。隔天人手一枝，老黄边发边点头哈腰地提条件：能不能不要测血糖……

护士站里到处荡漾着桂花的甜香。很多单身的小姑娘都是第一次收到鲜花，个个笑逐颜开，拥着"爷爷"老黄走进病房："你乖一点嘛，不偷吃东西血糖就下来了，只要血糖正常了，我们保证少测几次。"

我作为他的护士，第一要务就是"管住他的嘴"。老黄的妻子也和我们一条心，加入对丈夫偷吃零嘴的严防死守中。她是个爱说爱笑的老太太，生得又高又大，站起来能将老黄笼罩在她的阴影里。老黄已经被妻子"统治"了四十多年。

黄太太每天戴个遮阳帽，把电瓶车骑得跟风火轮一般，突突突地来科室给老黄送饭。先从篮子里拿出新鲜的香瓜或葡萄，笑眯眯地招呼我们吃，再从篮子的一角拎出老黄的口粮。

一个小饭盒，一半是小米饭，一半放着蔬菜和几片瘦肉，偶尔有一块红烧鱼，但是，怎么看都觉得不够老黄塞牙缝。老黄一副贫下中农的模样端过饭盒小声嘀咕："这么一点根本吃不饱。"他盯着我们的水果，敢怒不敢言。

我们曾经目睹过老黄因为偷吃了洽洽瓜子被抓，被黄太太叉着腰关在病房里，挨了好几个小时的训。

当然，黄太太也有温柔的时候。我会在下班的路上，看到加起来快150岁的这对老夫妻，蹲在糖画转盘跟前，为转到一只"大凤凰"而绞尽脑汁。那时候谁都觉得这样的婚姻和晚年生活特别让人向往。

在我们360°无死角的监控之下，老黄的血糖调节到了正常水平。他通过了麻醉师、呼吸师以及上级专家的审核，喜提手术一次。明明是一条艰难的求生之路，老黄的步伐是如此轻快。面对胰腺癌这个预后极其不好的病症，这一家子没有谁脸上流露过悲伤凄怨的神色，似乎永远都神采奕奕，永远用尽全力活好每一天。

老黄手术的日子选在了9月16日8点整，主任跟神棍似的说，这个日子特别好，九九归一，六六大顺，大吉大利。

那天下夜班前我替老黄换好了手术衣裤，陪同老黄一路到手术室。老黄握了握我的手说："付护士，等你休息回来，记得唱歌给我听啊！"我一口答应，和老黄拉了拉钩。

交接完手术的准备工作，我没急着下班，想了想，又返回病房，将寺庙里请来的平安符掖在老黄的枕头下面，又在他的床头柜上摆了个苹果。我告诉黄太太，这是对老黄的祝福：平安归来。

回家之后我怎么也睡不着，直到看到QQ群里当班的小护士更新状态：活宝老黄满血回归。心上的石头终于松了，我这才安心地合上眼睛。

上班后我直奔病房，看见老黄抱着我给的苹果躺在床上，气色很好，只是身上多出的管子和旁边的心电监护仪，提醒着这个老人刚刚经历过一场大手术。

我看着老黄打趣道："哟，大清早的抱着个苹果做啥，许愿呢？"黄太太忙不迭塞了只大桃子在我手上，告诉我，老黄禁食馋得慌，就抱个苹果闻味呢。

我检查了每一根导管，又协助老黄翻了个身。术后情况很稳定，然而手术毕竟只是打出的第一枪，老黄要面对的难关还在后头。等待他的将是一场持久且惨烈的战役——化疗。

化疗会在杀死癌细胞的同时，一并杀灭许多正常的细胞。虽然有效，但也看病人的身体素质。我们都不知道，刚做完大手术的老黄能不能熬过这一关。我不是个特别愿意走进病人的喜怒哀乐的人，但此时此刻，我特别想钻到老黄的心里。

老黄的第一次化疗我们都很重视，生怕各种副作用让老爷子吃不消。但老祖宗说过：天公疼憨人。这话在老黄的身上应验了。

开始化疗之后，老黄异常勇猛，几乎看不见任何副作用：不恶心，不脱发，该吃吃，该喝喝，白细胞也不往下掉一分一毫，跟个没事人似的。但凡有点空闲就坐上科室楼梯间的平车，一条腿屈在车面上，另一条腿晃里晃荡，笑眯眯地看着人来人往，一副上了自家炕的悠闲模样。

我们看见了就会逗老黄："老黄，吃了没？"每当这时，老黄就会按照"国际惯例"，数钱似的舔舔他的拇指和食指，再搓搓耳垂响亮地答一句："没！"

这成了我们之间的默契，仿佛和老黄打过这么一个招呼，才算新的一天开始了。

化疗的老黄有了大把的时间，别人这时可能就忙着交代后事了，他反而在忙着给自己找新乐子。有一天我发现他和儿子拿着一根竹竿，居然在科室外的大树底下粘知了。等到一只比老黄还笨的知了落网了，他就喜滋滋地把知了拿进护士站，科室里那群姑娘纷纷围上去，和老黄凑成一圈，争论如何烹饪这只知了。

"红烧吧，加点五花肉。"

"不，清蒸，清蒸最美味。"

"吃刺身最好啦，配上我的小芥末。"

可怜的知了成了哑巴。

很快，小姑娘们把老黄的病房改名"粘杆处"，那是古代皇宫专门负责捉知了的地方，而我也成了掌事宫女"付嬷嬷"。

出院前几天，我老远就看见老黄的儿子胳肢窝下夹着一卷锦旗，大红色，黄色的流苏荡来荡去。他大大咧咧地经过护士站，让所有人都看见了，才把锦旗带进了父亲的病房。接下来的日子里，老黄为了藏这面锦旗操碎了心。他每天晚上把锦旗放进柜子，大清早又藏进被子里，以为自己的保密工作做得很好。

出院当天，我们到老黄的病房门口时，只见老黄正盘坐在床上打量锦旗。他听见我们的声音立马从床上蹦下来，把锦旗塞进被子，整个人又盘坐在上面装作若无其事。我们目睹了老黄"掩护锦旗撤退"的全过程，等他都准备好了才走进去，无奈锦旗的流苏落在床沿上，晃里晃荡实在抢眼。主任好半天移不开眼神，一屋子人都没憋住笑。

小姑娘们热烈欢送，一遍又一遍地和老黄约定："爷爷，下一轮化疗你一定要来啊，我们提前把粘杆处给你收拾好！"

对于其他的病人，我们恨不得永远相见于病房之外，但对于老黄，期盼着他按时来化疗是我们心照不宣的祝愿。我们知道胰腺癌有多严重，但我们不想让这颗病房的"小太阳"早早落下。

第二次化疗前一周，老黄的儿子来报喜，说父亲身体倍棒，吃嘛嘛香，必须挑战第二次。

粘杆处早已被整理得干干净净，床头放着一个小盒子，里面是给老黄准备的糖尿病解馋专用零食，接待规格之高羡杀旁人。

然而不好的消息出现了：CT显示，肿瘤已经向其他器官转移。我一遍又一遍问老黄，有没有什么地方疼痛不适，老黄坚定地把头摇成拨浪鼓。我略微感受到一点安慰。虽说死神没打算放过老黄，但至少现在没有让他太痛苦。

每天大清早，老黄依然会出现在走廊的平车上，用招牌动作和固定句式跟我们打招呼，让人熟悉又安心。

"老黄，吃了没？"

"没！"

人生的路就要走到头了，老黄表面不在乎，但在背后却一直不作声地给我们所有人留下纪念。

为了不让老黄觉得寂寞，我们常会拉他干点小活：老黄，帮我们发报纸；老黄，帮我们拆药袋。隔了几天，老黄掏出许多药瓶瓶盖穿成的小灯笼，花花绿绿，给我们一人一只做钥匙链。这下科室里的姑娘们疯狂了，下班后纷纷买来彩色塑料绳，缠着老黄给她们编大龙虾、小拖鞋。

除了给科室的姑娘们留下记忆，老黄还干了一件大事。当病房搬来一个绝望的小伙子时，老黄拿出了医院里最稀缺、自己也没有的事物——希望。

这小伙子出了交通事故，在楼上做手术，老婆刚好是预产期，在楼下的妇产科待产。不知是幸与不幸，他术前检查时又发现肾脏出了岔子，已经病入膏肓。如果没有这次的交通意外，面上根本看不出来，他将一无所知地步入尿毒症。

小伙子想想躺在床上的自己，又想想即将生产的老婆，家人也不在身边，咧开嘴号啕大哭。老黄那时的身子骨还硬朗，他盘在床边的椅子上，不停为小伙子擦眼泪。

老黄用半吊子的普通话安抚小伙："小兄弟，你别担心了，不就是家里人没来齐吗？你先安心手术，我和老太婆会照顾你们两夫妻的，不着急啊！"老黄的儿子和妻子也配合地站在一旁点头。

老黄又一次释放出他那二米八的气场："这是好事情，你看看老黄我，得了胰腺癌，发现得比你晚多了，也不晓得能活几天。我还不是好好地活着，你比我好多了。"

小伙子听完忘了哭，也忘了躲避他横飞的唾沫星子。

那段时间老黄很忙，他帮着小伙子处理好手术事宜，而黄太太则在楼下，照看小伙子要生产的媳妇。老夫妻俩安慰着小夫妻俩，还准备了大人和孩子的用品。莫名地，老黄似乎也在期待新生命的到来。

我们都给这老两口点赞："老黄啊，你和奶奶这么能干，以后你的重孙子小小黄，还有小小黄的儿子迷你黄，你一定都能带得白白胖胖、健健康康的。"

老黄面对小伙子赶来的家人的千恩万谢一脸淡定，对我们的祝福却无比受用。他每天都将有"小小黄"和"迷你黄"的未来畅想一遍，那是老人们都想看到的儿孙满堂。我猜他肯定是想活得久一点，看着子孙走得远一些。

我无意间得到一个重磅消息，老黄要过74岁生日了。按照科室里的惯例，术后一年被称为病人的"一周岁"，我们借机把老黄的生日当成他的周岁生日。

我们给老黄买来蛋糕，还办了"抓周礼"，小姑娘们写了许多心愿卡：老黄变成长腿"欧巴"，老黄永远18岁，老黄会唱BigBang（韩国男子音乐组合），等等。每张卡片的末尾我们都写了同样的一句话：老黄年年有今日，岁岁有今朝。

老黄说这些卡片压在枕头底下，做梦都会笑醒，但是蛋糕得挨批评："太小，没吃过瘾！"

我答应他，五周岁的生日我亲手做个大千层，每一层面皮的颜色都不重样，每一层都铺满水果。我知道要完成这个约定，对平均生存期不超过一年的胰腺癌晚期病人来说有多难。

"老黄啊，为了这个蛋糕你也得好好努力啊。"

老黄照例舔舔指头，搓搓耳朵，咧开缺了牙的嘴斩钉截铁地答应："好！"

大年初一时，我去寺庙祈福，虔诚地许愿希望能再次见到老黄。老黄也依旧争气，开春的第五次化疗，穿得喜气洋洋地站在我们面前。小姑娘们纷纷给老黄拜年，让他乐得合不拢嘴。

可我作为老黄的责任护士，除了拜年，还需要对他进行全面的检查评估，新年伊始，要面对一切好的和不好的消息。

这次的老黄，精神明显不如从前了，他悄悄告诉我有乏力感，肚子也会胀痛，饭量比以前小了一些，有时候腰会疼。化疗并没有很好地遏制肿瘤的侵犯，我知道这些症状意味着什么。我正在看着老朋友走向一条我深知结局的路，却没有办法牵着他的手，带他回头。

"肯定是转移了吧。没事，我努力争气一点，多活几天。"老黄淡定地说，然后拍了拍我的手，"我还要吃你做的大蛋糕呢。"

看着老黄的笑脸，我从来没有这么希望举头三尺有神明，从来没有这么希望一个人可以留下来。有时，我会看着一袋袋药品、液体发呆，数着它们一点一滴注入老黄的身体，想象着它们在我看不见的地方和癌细胞厮杀。

老黄的病情并没有好转，对此我无能为力，却抽空就要坐在老黄床边握一握他的手，跟他说几句话。期待自己的心意能传递给那一滴一滴的透明液体，让它们功力大增，将老黄体内的癌细胞杀个一干二净。

我们开始宠着老黄了，想让他吃好一点。但老黄再也不吵吵着要吃零食，癌细胞逐渐侵犯到了他的胆囊，现在再看见曾经最爱的零食，他会犯恶心。那么不愿意亏待嘴巴的一个人，再也吃不了好吃的了。

我们只能换个方式宠老黄。每天中午我们放弃去食堂打饭，小姑娘们总是到饭点就在走廊上喊："老黄，吃了没？"然后等着老黄从哪儿钻出来，边小碎步走边做着招牌动作回答：

"没！"

我们总是热情地邀约老黄加入饭局，一齐说说笑笑地去小饭馆，然后再三对着厨师说：东西要清淡一点哦，爷爷要减肥！我想周围的小馆子一定很奇怪，这个老爷子怎么有那么多花朵般的孙女。

黄太太和老黄的儿子抓着我的手表示感谢，我很真诚地说希望老黄可以陪我们久一点，一起过他的五周年。那是我第一次看到这乐观的一家人眼中闪过一丝晶亮的泪光。

最后一次来医院，癌细胞已经无孔不入地吞噬了老黄。远远看去，老黄跟抽了真空一般缩水了一个号，在高大的黄太太身边显得更加瘦小。

老黄的症状越来越明显：乏力、腹胀、胃口不好、黄疸指数升高、腰骶部疼痛……无论是临床表现还是各种检查都告诉我们，老黄在这场战役中已经节节衰败。老黄已经不适合化疗了，这次住院是来跟我们告别的。

"化疗已经不适合我了，我还是在家陪陪老婆吧。"老黄微笑着说出自己的决定，随即拍了拍我的手背，"不好意思啊，估计吃不上你做的大蛋糕了。"

"小妹啊，你能不能给我讲讲，我以后会变成什么样子？"老黄和他的儿子站在我面前，一脸诚恳地说道。

我静静地看着对方，怎么说？说老黄以后会很疼？也许一口东西都吃不下？说老黄啊，你可能会因为胆汁淤积变成真正的

"老黄"，然后成天在深黄色的皮肤上抓痒？还是说以后会躺在床上碰一下都会疼得打哆嗦？这些都有可能出现，让我说给老黄听，我真心说不出口。

"没事，小妹，你给我爸爸说说以后的情况吧。"老黄的儿子比父亲还真诚。

那天之后，我常常在下班后陪着老黄坐在医院的凉亭里，给他做"单人辅导"。今天讲解疼痛的程度，以及止痛药怎么用，明天告诉他胆道梗阻的症状，后天再向他细细描述吃不了东西要怎么办。我像在手把手教小学生解题。老黄虽然虚弱，却时不时会露出得意的笑，表情像是在说："你看，我听懂了。"

这道风景很奇妙，夕阳的余晖披洒在我俩的身上，我和老黄庄重又坦然地讨论生死，毫不避讳，绝不隐瞒，没有虚幻的安慰。我说得认真，老黄听得仔细。

"老黄，你好鸡贼啊，你孙子不是医学生吗？干吗不问他？"

"我孙子那么小，听了要哭的，他是我们黄家的独苗，我才舍不得，找你的话，你又没有压力嘛！"老黄笑眯了眼，衬着粉红色的夕阳，好像在发着光。

余晖中，我对他说："老黄，你总是要死的，我希望你能最舒服地死。"

我从来没这么跟病人说过话，但我知道，对方是老黄，我应该这样做。他不是不在乎自己能不能活，但他更在乎自己该怎么活。我不敢直视老黄的内心，他是那么爱笑，他的乐观不受一丝一毫外界的影响，是真正发自内心的力量——既不为生，也不为死，就是为自己。面对不可扭转的结局，他有自己的活法，并坚持到最后一刻。这个时候再面对这位老人，我觉得用直白和坦诚的语气与他对话是对他最大的尊重。

太阳西落，关于那个铺满草莓的蛋糕，他恐怕不得不失约了。

我和老黄做了一个君子约定，每月的第一个礼拜六会做电话随访："老黄，你要是在，就接我的电话；你要是不在了，就让你儿子给我们打个电话。"老黄爽快地答应了，和我们挥了挥手，走出了医院大门。

第一个月的周六，我给老黄做电话随访，电话开着免提，旁边乌泱泱围着一群小护士。

电话通了，那头老黄的声音精神了不少。我乐了，张口就问："老黄，吃了没？"老黄还是用熟悉的腔调说："没！"电话这头已经有小护士调皮地模仿着老黄舔手指的招牌动作了。

之后的几个月，老黄还邀请我们去家里随访。主任当即答应，科室里沸腾了。我因为责任在身，没能去成。傍晚时分，随访的小姑娘回来，科室里的人扑上去询问老黄的近况，小姑娘小嘴叭叭地说给老黄买了顶红帽子，祝他红运当头。姑娘们一窝蜂地翻看着照片，时不时传来一阵阵笑声。

我看着护士长的脸色不对劲，悄悄地问："不好了吧？"

"这群傻丫头，就知道傻乐呵。在镇上的卫生院查B超也有腹水了，每天就靠吃止痛药，这能顶多久！"护士长说因为癌症细胞扩散到胆囊，现在老黄成了真正的"老黄"了，整个人活生生黄了一度。一旦出现这种症状，说明病情已经开始急剧恶化。

我像是被人当头浇了一盆冷水。这就是学医的残忍之处，我可以将疾病的演变预计得清清楚楚，却无法挽回。

直到那一天，我照例对着电话问出那句"老黄，吃了没？"，电话那头的老黄含糊地回了我一声："没。"

老黄的儿子说，这次是真的没，父亲已经好几天没吃东西了。老黄的儿子还说，老黄感谢我们这群人陪伴了他那么久，"你们的祝福卡片，我爸每天都要我读给他听，晚上就放在床头，他疼的时候就伸手摸一摸卡片。"

下班时，我在休息室听见有小护士带着哭腔打电话："叔叔，这是我的私人电话，要是黄爷爷不行了，你一定要第一时间给我打电话，不管什么时候，我让爷爷听着他喜欢的歌离开，我学了好久好久的。"

我的眼睛一瞬间有点热。我绝不敢给老黄的儿子我的号码，我知道自己没有勇气听到那个消息。

人支撑到最后关头，会调动全身每一寸细胞发起进攻，直到弹尽粮绝，就像蜡烛，熄灭之前总有那么一会儿异常地亮。我们见证了老黄最亮的时刻，现在，这束光要彻底熄灭了。我们和老黄的儿子约定，老黄不在了，一定联系我们，我们去送他最后一程。

接下来的几天里，我们每天都竖起耳朵听着科室里电话的响动，怕老黄家来电话，又怕老黄家不打电话。毕竟老黄仁义，从来不喜欢麻烦旁人。

月末的一天，我们刚开完晨会，科室的电话响了。

　　送老黄的那天天气很好，我们给老黄买的零食装了满满一大箱，里面放了一张卡片：老黄，我们想你。希望你在另一个世界比现在还快乐。下面是所有医护人员的签名。

　　我默默解下钥匙上老黄送的灯笼串，放进了箱子。其他姑娘见状，也默默地将钥匙上的"大龙虾""小拖鞋""棒棒糖"取下来，一块放了进去。老黄的心意我们领了，不再需要借助任何物品，不论何时何地，我们都会想起那个老黄。我们默默地将小箱子贴上胶带，再用红色绸带打了一个漂亮的蝴蝶结，那是老黄喜欢的颜色，红火，喜气。

　　目送着抱着箱子的小姑娘走进电梯，我定定地看着电梯指示一路向下，与老黄相处的一幕幕在脑海里走马灯一样掠过。那个屈着腿坐在平车上和我们打招呼的老黄，那个偷吃零食被老婆骂得鸡飞狗跳却不敢还嘴的老黄，那个总是舔一舔指头再搓搓耳朵的老黄。

　　老黄走后很长一段时间，他依旧是我们的话题。看着电梯间门口的平车，中午三五成群约着吃饭，路过曾经的"粘杆处"，甚至逛街看到好吃的零食，我都会想起他。

　　有个电影里说：如果这个世界上没有人再记得你，那么你将彻底消散，无影无踪。我想，有我们这么多人念着老黄，在另一个世界，他一定也是最欢乐的那个。

　　只是偶尔，我脑海中会突然闪出一个画面：老黄像一个披挂着铠甲的将军，站在白色病房中，谈笑间横扫千军。

少年阿泽的烦恼

2012年9月清晨，在住院部我第一次见到那个背着吉他的男生。我跟他打招呼，他回了我一个露出八颗牙的标准微笑："护士姐姐好！"奇怪的是，他像是突然意识到了什么，瞬间硬生生地收回微笑，换了一副不爽的表情。

这个小男生年纪不大，让我想起《流星花园》里的花泽类：眉眼清秀，却是一副"跩跩"的样子，好像球场上正准备三分投篮时却被上课铃拉回教室的样子。我忍不住偷偷在心里称呼他"阿泽"。但是阿泽走路的方式瞬间把我点醒：住进这里的人都是病人。

他不协调地顺拐着走进了病房。父母紧紧跟在他身后，怕他随时会摔倒。

阿泽的妈妈告诉我，13岁时，刚上初一的阿泽发现自己的手指有点不听使唤。于是她带阿泽上医院检查，发现了颅内占位，诊断为脑胶质母细胞瘤。这是一种预后差又极易复发的恶性肿瘤，平均生存期仅为14个月。

阿泽的妈妈递给我一沓厚厚的就诊记录：从国内顶尖医院到大洋彼岸的医疗机构，从中文到英文，一应俱全。每页纸翻起来都哗哗作响，像钞票正唰唰划过点钞机。看得出，阿泽的家境不错，父母极尽所能地想治愈他。

最近，阿泽发现自己又提不动笔了，而且症状比之前还要严重，走起路像方向盘失灵的汽车，总朝一边拐。复查结果显示，阿泽脑内的肿瘤原位复发。

这个消息犹如重磅炸弹，把阿泽家的希望炸碎。尤其是少年阿泽，他手术没哭，放疗、化疗没哭，拿到磁共振报告时，一下就哭了。"活下去"对阿泽来说更难了。

阿泽的父母准备好了百万存款，想再带儿子去国外看一次病，阿泽不肯；说要回家，阿泽也不肯。我听说阿泽最后拿着自己的病例，默默翻了两天两夜，然后告诉父母，一定要来我们这家当地的医院，其他任何方案免谈。没人知道，这个少年的心里是什么盘算。

阿泽到底看上了我们这里啥，一直到住院前他的父母都没问出来。最后他们也只能接受这个事实——儿子危在旦夕，却铁了心要在一个小医院安营扎寨。

其实我能看出来阿泽的父母对此很不满意，毕竟他们家境非常好，完全可以负担更好的治疗条件。阿泽的父母是做外贸生意的，总是一副财大气粗的模样，来到医院，他们直接奔向神经外科的VIP病房：全套家具、家电、电动病床、原木陪客床、定制寝具、配套沙发、落地窗。与其说是贵宾房，不如说是高档公寓。房好，价钱也好，单日价格500元，月租就是15000元。因为价格的问题，这间病房时常空着。这对中年夫妻仅仅进病房看了3分钟，就大手一挥，VIP病房开张。

有没有钱对看病来说很关键，我暗暗替这一家子庆幸。但很快，我就发现这家人都有点怪。

好几次我下班的时候，撞见阿泽的父亲在路边停好他的大奔驰，钻进附近民工经常光顾的排档。我之前在那家踩过雷，那里的米饭会掺着隔夜的卖，菜又油又咸，硬要说优点就俩：量大、便宜。

阿泽的父亲一身笔挺西装，戴着大金表，每次都是打一份全素套餐，5块钱，挤在一众背心、汗衫、迷彩服的民工里快速解决，最后仔细地擦净嘴巴，扮出一副酒足饭饱的模样走进医院。

我起初没在意，以为他只是赶时间，在吃上不讲究。但接下来我发现，阿泽母亲的行为更可疑：白天拎着一只香奈儿包包走来走去，化着精致的妆容，一副随时要出席宴会的贵妇模样，晚上却趁着阿泽睡着了，爬起来躲进护士站做手工活，给一大堆商品做包装。

一打听才知道，如今外贸生意难做，货款拖欠已成常态，阿泽父母的工厂资金链断裂，厂子难以为继。可维持工厂运转需要钱，阿泽看病也需要钱，夫妻俩只能咬着牙死撑，私底下恨不得一毛钱掰成两半花。

香车宝马既是为了生意场上装点门面，也是不想让阿泽起疑。夫妻俩商量好了，儿子面前绝不能露怯：钱，你随便花；卡，你随便刷；旅游，想去哪儿？好吃的，要哪家？在儿子醒来后的每分每秒，这对夫妻都在称职地扮演着过去的形象，甚至特意装作一副土豪的样子。但阿泽的母亲告诉我，为了给儿子争取时间，这些年攒下的家业已经消耗一空。从治病开始，就已经卖了3处房产，如今手里所剩的筹码不多了。

阿泽才住院没多久，我就发现，他对父母为自己做的那些事，要么不知道，要么根本不在意。他似乎对一切都不满意，天天和父母闹情绪：不吃药、不打针、不检查，处处和父母对着干。任凭父母如何好脾气地哄，他也不答话，自顾自地看书，书页翻得哗哗响，把病房里的气氛搅得躁动不安。小护士总对我咬耳朵："帅是帅，脾气不好也不可爱！"

时间一长，阿泽的性子越来越孤僻。有一天，妈妈怕阿泽寂寞，特意挨家挨户上门请同学过来。结果同学们到了，却被他拒之门外。几个孩子围在病房门口小声地喊，房里的他一声不吭。

阿泽的妈妈只能一边点头哈腰跟同学的家长们道歉，转头还要哄阿泽："都是妈妈不好，没照顾好你。"即便如此，阿泽的母亲还是没有怨言，她觉得儿子只是暂时心情不好，还总跟我强调："这孩子心细，特体贴懂事。"

妈妈讲起自己的儿子，脸上总有一股骄傲的神情："之前治了两年，无论有多难、多疼，我儿子都忍着一声不吭，就是不想让我难受。"

我觉得阿泽的妈妈对儿子的印象也太跑偏了，这能是那个成天在病房瞎闹的阿泽吗？如果她说的是真的，那个乖巧懂事的阿泽哪儿去了？

事出反常必有妖。我开始暗暗观察，果然发现了异样。例如每日晨间护理，他虽然冷着脸，但总会帮我们护士把被子叠得整整齐齐；查房的时候，他会站起来打招呼，再故意绷着一张苦瓜脸；自己都走得磕磕绊绊了，还会帮病区里上了年纪的病人拿东西。最拧巴的莫过于他常常笑着发现不对头，又匆忙换回那副冷脸。

很快，我从他这些怪异的举动里找到了一个规律：只要父母在场，他一定是熊孩子附身，摆出一副无赖相来刺激父母；但等到父母一离开，他就恢复正常。而且，如果当场没刺激到父母，反而被宽容的话，阿泽就很不开心，好像受了挫折。我悄悄告诉护士长，阿泽是个藏着事儿的孩子，大家等着看吧。

就在我觉得已经摸透了阿泽的小心思时，他却憋了个"大招"。

那天早晨，我刚换好衣服准备上班，病房里忽然爆发出一阵哭声，锐利得像把剪刀，划破了病区里安静的空气。我凝神一听，拖着抢救车就往病房冲，那声音是阿泽的妈妈的。

护士们纷纷冲向病房，生怕是阿泽病情突变，不敢耽搁一分一秒。结果到了病房，发现阿泽好端端的，手上攥着一支笔和一个本子。地上满是细碎的纸片，阿泽的妈妈坐在地上大哭，阿泽的爸爸则两手颤抖地戳在正中，一边撕扯着本子，一边语不成调地咆哮着："我让你写！让你写！"反反复复就这么一句话，眼泪大颗大颗地砸向地面。那些撕碎的纸片上，我注意到两个字：遗书。

小护士们拥着阿泽的父母离开病房冷静一下，我这才感觉到刚刚跑过来时的一身冷汗。

老远还飘来阿泽的妈妈的哭声，我站在病房里，瞥见旁边的阿泽一副吓坏了的模样。我拍拍胸口定了定神，问他："你是成心的，对吧？你住进来以后成天和你爸妈对着干，就是为了惹他们生气，这回你的目标真的达成了，恭喜。"

阿泽踉踉跄跄地走过来，拉住我的手，死紧死紧的，像是抓着一根救命稻草，还小声地哭了起来："怎么办，姐姐，我是不是做错了？"眼前这个少年显然没有意识到，自己这一招有多大的破坏性。

我坐在床边拉他的手："阿泽啊，你爸爸妈妈哭得多伤心啊，你真的希望他们这么伤心吗？"

阿泽红着一张脸，摇了摇头："姐姐，我去道歉行不行？"

看他知道自己错了，我一瞬间"原形毕露"，凶巴巴地展开他的手掌，抄起桌上的尺子敲在他手心上："玩大了吧？收拾不了了吧？"尺子打在手上，啪的一声脆响，吓得阿泽一哆嗦。

我接着揍："你装什么坏孩子啊，演技那么差！还写遗书呢，你有啥遗产？你玩这么大，到底想怎样？"

我一条一条数他的罪状，阿泽瑟缩着脑袋一声不吭。"新仇旧恨"都报完了，我才得意扬扬地告诉他："姐姐这把尺子，上打昏君，下斩佞臣，中间教训熊孩子，以后可不许犯浑了啊！"

阿泽乖乖地点头，表示一定洗心革面痛改前非，再不胡闹了。但阿泽反问我："姐姐，你知道我这两年花了多少钱吗？"

阿泽说自己看过账单，也查了很多资料，知道这病治不好，干脆不配合治疗了。父母只要厌恶自己，就不用再做无用功了。"我都知道的，爸爸还要养活厂里的工人，我能少花一点是一点。"

这对父母在儿子面前装大款，儿子则扮演不良少年，我不由得感慨，真是一家人啊。在最亲近的人面前，坦率好像很难。

我以为，只要跟阿泽把话说开了，事情就到此为止。没承想，这个少年的心事远远没有那么简单。

那段时间我正怀着宝宝，干不了重活，护士长就发话，让我多陪陪阿泽。也许是不"打"不相识，少年被揍了以后，总是围着我打转，喊我姐姐。我也很开心多了这么一个帅气的弟弟。阿泽特别爱热闹，自从恢复和兄弟们的"邦交"之后，病房里总能听见阵阵少年的爽朗笑声。有时阿泽也会直接拎着吉他，闯进护士站，坐在椅子上现场卖艺；或者替护士姐姐们抄写病历，铁画银钩的瘦金体，颇见功底。这个孩子总能想办法把场子撑得热热闹闹，但我总觉得他有心事。

我观察了好几次，发现他和喜欢的小女生见面过后，总是一副沉重的模样，好像在考虑什么大问题。其实我心里也有疑问：为什么他既不出国救治，也不愿意回家，非在一个小医院里空耗着呢？阿泽的爸爸不止一次地说过，他存了笔钱，可以再次出国寻求更好的治疗。但阿泽的态度特别坚决，没得谈。

面对我的问题，阿泽掏出了一张卡，他偷偷告诉我："里面有200多万，是我的'救命钱'。"阿泽的父亲为了让儿子安心，早早存了一张卡给他。"平时治疗和日常花销再大，爸爸都不会动这张卡，都是先卖房子。"阿泽眼见着家里的房子一套接一套卖了，"安心卡"拿得越发不是滋味。

一旦谈到家庭，阿泽就有一种超出年龄的成熟和懂事。我好想把这些话转述给阿泽的爸妈听，但是我和阿泽有君子约定：我是他的树洞，得替他保守秘密。

"那你为什么不愿意回家呢？"很多绝症病人都会选择在家度过生命的最后阶段。

"我不能死在家里啊。"阿泽用一种嫌弃的眼神看着我。

"姐姐你好笨哦，我治又治不好，万一死在家里，我家就成凶宅了！以后都不值钱了！"他为自己的深思熟虑扬扬得意。我看着这个把一切安排得妥妥当当的少年，只觉得命运特别残酷，还残酷得特别认真。

陪伴阿泽的那些天，他的身体正在慢慢衰弱，而我的肚子却在一天天显怀。那时我怎么也没想到，自己怀里的新生命，会让阿泽在人生困局里执着地下出最后一步棋。

那是我换上孕妇服的第一天，阿泽惊讶地张大了嘴："你有小宝宝了？不是胖了吗？人家孕妇都是小心地挺着肚子，你怎么跑得跟飞毛腿似的？"

我不知道该难过，还是该挺下肚子验明正身，最后想了想，抓住他的手贴在肚子上："你可不许说姐姐的坏话，小宝宝听着呢。来，跟他打个招呼。"

阿泽用手贴着我的肚子，感受到了一个小生命正在使劲折腾，嘴巴张得更大了："姐姐！你疼不疼？他就这么在肚子里翻来翻去的吗？真好玩！"阿泽一边问，一边好奇地屈起指头在我肚子上四处敲敲，就像一只啄木鸟。

阿泽的妈妈在一旁准备阻止，我笑了笑表示不介意。这个16岁的少年，可能是第一次感受到一个小生命的存在。

我对阿泽说："你也是这么长大的啊，每个小宝宝都是在妈妈肚子里揣上十个月，从花生豆大小一点点长出小手、小脚，最后变成你这么大的熊孩子的。"

听见我又提"熊孩子"，阿泽吐了吐舌头，不好意思地低下头："难怪我怎么捣乱爸爸妈妈都不生气呢！"阿泽像是想到了什么，扭头去看妈妈。

"妈妈你当时也是这样的吗？"他似乎是从我身上看到了自己的妈妈当年怀他时的影子。一瞬间，他的眼睛亮亮的。

他后来悄悄附在我耳边说："原先我就知道自己会死的，我怕他们难过，就想着犯点错误让他们讨厌我，这样我走的时候，他们就不会那么伤心了。"

我懂，我当然懂。只是一个少年这么单纯的心思，有时还真让人招架不住。

"以前我觉得爸妈无所不能，什么都能办到，后来我生病了，看见过妈妈偷偷哭，也看见过爸爸站在门外一支烟接着一支烟抽，我才发现，原来他们也有脆弱的时候。"阿泽陷入了自言自语，他反复说着，"我脆弱时有他们撑着，他们脆弱时我必须强大起来，变成他们的支柱。"

阿泽知道，自己的时间不多了，他决定，在自己离开之前，为父母找到新的"支柱"。

那次谈话过后，阿泽就变得神神道道的，总爱问我一些奇怪的问题："姐姐，你是独生子女吧，孤独不孤独，寂寞不寂寞？"看我点头，他又紧接着抛出问题，"独生子女的父母——如果他们的孩子不在了，他们孤独不孤独，寂寞不寂寞？"

我三两下就被阿泽绕晕了。他成天在病区里晃荡，估计是看多了孤苦伶仃、无依无靠的老人，有感而发了。

可阿泽却非常严肃，一本正经地告诉我，他最近看到一则新闻——失独家庭。他自己百度了很多"失独家庭"相关的资料，还去查了这方面的政策，最后得出了自己的结论："政策再多，政府也不管发孩子，我得让我爸妈生个妹妹！"

他摆事实，讲道理，一口气说了好几个理由："你看，我现在动不动就头疼，走路都走不出个直线，说不定过两天就得瞎，然后一命呜呼，我爸妈怎么办？我死了以后，他们怎么安度晚年？老了会不会上敬老院？"阿泽缩了缩脖子又补上一句，"想想都觉得可怕！"

他决定跟父母谈谈。他把父母叫进病房，关上了门。我在护士站里静静等待着。

阿泽父亲的声音断断续续从门那头传来，像在发毒誓，很响，很坚决："这是不可能的！我只有你这一个儿子，之前就你一个，之后也就你一个！你现在想这些是不是想气死我们？"他的声音抖得厉害。在阿泽面前，这个曾经无所不能的父亲第一次慌了。隔着一条长长的走廊，我都能感受到阿泽爸妈的坚决。

我不知道他们有没有考虑过这个问题，但从这夫妻俩硬是将儿子原本短短一年的生存期努力拉长了一倍多，就能感受到：他们没想过给自己留后路。或者说，他们不容许自己去想。

我强迫自己也不去想此时此刻的病房里阿泽的表情。

阿泽的提议就像一个诅咒，成了他和父母之间的禁区。每每被提及，都会让那间小小的病房房门紧闭。里面的人出不来，外面的人也进不去。

阿泽实在难受了，就会气鼓鼓地找我"吐槽"，像只多着刺的河豚。

"姐姐，这明明是一个好办法啊！我活不了几天了，可人总要朝前看嘛！"

"姐姐，我爸爸妈妈这么大年纪了，现在再不想生小孩的事，以后怕是生不出来了，到时候我又不在了，他们怎么办？"

"姐姐，你知道吗，我为什么不肯回家去？因为我怕我万一在家里死掉了，以后爸爸妈妈真有了小妹妹，妹妹会害怕我的房间，不敢进去……"

我惊讶于这个16岁少年的心里揣了这么多事，还每一件都不轻。虽然我当面把阿泽打击得不轻，但背地里我总想帮帮他，除了时不时教他一些劝服父母的"话术"，碰到阿泽的妈妈时，我也会装作不经意的样子旁敲侧击一下。

渐渐地，话题传到了我这里。阿泽的妈妈跑来护士站，主动聊起儿子让人头疼的提议，忧心忡忡："你说阿泽现在想这些事，是不是想放弃了啊？"

我赶紧宽慰这个爱子心切的母亲："阿泽这么积极主动地想办法，正说明他心里还有念想，没有放弃自己。"

阿泽的妈妈略微点点头，脸上的表情还是很犹豫："我现在的目标就是陪着儿子，怎么能分心想二胎呢？而且我要是表现出这种想法，阿泽会不会觉得我想放弃他？"

我劝慰了她好一会儿，一家人最不该计较这些。阿泽是个心胸开阔的好孩子，大人们应该认真考虑这个问题，至少让儿子放心。也许都是做母亲的人，我的劝说让阿泽妈妈的表情稍稍缓和，她答应再和阿泽爸爸说说。

过了一阵子，阿泽没再和我聊过劝父母生二胎的事。我猜想，八成是少年郎有了新策略，不告诉我。原来他是开始提前熟悉角色，操着做哥哥的心了。

有时跟我出去看到路过的小女孩，阿泽就会说："我妹妹将来也要穿这样的裙子，一定很好看。"还跟我预约，"姐姐，等你的孩子出生了，我要当你孩子的哥哥。"

我告诉他辈分错了，你得当叔叔。他一脸神气，好像已经当上了哥哥。

我还观察到一个好现象：阿泽的病房不怎么关门了，一家人一起聊天的时间多了很多。阿泽的妈妈会时不时带着笑抱怨一句："我生你一个都累死了，再生一个我可不干！"阿泽的胆子也越来越肥，不光安排好了要生二胎，还给爸爸妈妈提出了"指导性意见"——"一定是妹妹！"

阿泽当着父母的面跟我商量将来的妹妹要叫什么名字，还说妹妹的名字要跟自己特别配才行。每到这时，阿泽的妈妈就会点点阿泽的小脑袋说："我怀胎十月费老半天劲，名字还得让你做主？"看着这一家人如释重负的样子，我知道，阿泽可以放心了。

做阿泽的专职陪聊其实很愉快，但陪聊的时光也非常难熬，因为我会第一时间看到阿泽病情的进展——那个曾经能写一手好字的小帅哥现在没法握笔了，雷打不动的练字时间被迫停止。他的眼睛开始重影，走直线会偏移，一块糕点递给他都不能准确地放进嘴里。突然来袭的头疼会让他蒙起脑袋闷声不响。头疼的次数和频率也多了起来，降颅压的药从一天1次增加到了一天4次。

当初的阿泽有多美好，现在的阿泽就有多糟糕。并且我和他都明白：这种糟糕一旦开始，就不会回转。你会心疼这个一声不吭的少年，也会谴责自己目睹这一切却无能为力。

阿泽察觉到了我的情绪，他笑笑说："姐姐，说不定再过些时候，我会看不见东西，还会出现吞咽困难。唉，我好惨啊。"他自我调侃着，三言两语就将这个疾病最后阶段的症状说得明明白白。他对自己的结局了如指掌，清醒得可怕，又懂事得吓人。

"你挺有勇气的啊，还敢掐指算自己能活几天，要我才不呢，先哭几天再说。"我试着调节气氛。

少年得意地昂着头："姐姐你多陪陪我吧，我爸爸妈妈看我这副鬼样子，会哭的。"

我很愧疚，觉得自己如此消沉，还要这个16岁的小鬼头来安慰。这对他不多的时间来说是一种浪费。我答应他，不仅要帮他达成心愿，还要陪他开心地度过剩下的每一天。

那段时间，我和阿泽最关心的就是太阳升起来以后，我们今天要干什么。在阳光照射的病房里，他喜欢学电视剧里金三顺的口气跟我宣言："去爱吧，就像不曾受过伤一样；跳舞吧，就像没有人欣赏一样；唱歌吧，就像没有人聆听一样；干活吧，像不需要钱一样。"

天气多好，也总是有日暮西垂的时候。渐渐地，阿泽的颅内压增高到甘露醇也不能控制了，他总是躺着跟我念叨："姐姐，唐僧又开始念紧箍咒了。"

我说你要是疼，可以摸姐姐的小宝宝。他小心翼翼地抬起手，又放下，说："不行啊，头太疼了，我怕我手劲大，一不小心碰疼了姐姐。"

阿泽头疼的时候，父母总是抱着他，陪着他，一遍遍地抚摸着他，希望能帮他缓解一点。他缓过来了就会说："姐姐，我们来唱首歌吧。"

有那么一段时间，我俩总是一遍又一遍地唱着五月天，从《温柔》到《倔强》再到《突然好想你》。科室里谁都知道，我是绝不开口唱歌的人，因为跑调跑得着实吓人。但面对阿泽的请求，我没法拒绝。

"就唱《温柔》，那首好听，我陪你一起唱。"

"走在风中 / 今天阳光突然好温柔 / 天的温柔 / 地的温柔 / 像你抱着我……"刚开始阿泽起个头，我轻轻地和，唱着唱着就变成了我的独唱。我发现阿泽没了声音，一眼看过去，原来是他的力气跟不上了。即便如此，他依然抬起手，勉强为我打着拍子。

阿泽的父母可能在心里排练了无数遍这个场景，一家人默默地帮儿子打理着日常生活，头疼的时候冷静地询问要不要吃止疼药，或者要不要用甘露醇。等阿泽头不疼了，他们又像什么都没有发生一样谈天说地，还时不时地调侃起阿泽小时候的糗事。这时候的病房，笑声比往常还要多。

阿泽的妈妈曾经私底下告诉我，陪伴阿泽治疗的这两年，她因为看过极少数生存期超过5年的病友而心生羡慕，也因为看过这个星期还计划着手术下个星期就离开的病友而感到幸运。一路同行过来的病友，三三两两都在术后一年左右的时光里离去，阿泽已经算是一个奇迹了。

阿泽的妈妈说："我觉得难过，又觉得幸运，至少我儿子多陪了我那么久。"这一家人，总是在关键时刻活得分外清醒，又分外努力。

很快，阿泽的生命开始倒计时了。肿瘤剥夺了阿泽的意识，他一句话说得含含糊糊，我得弓起身子凑近使劲听。

阿泽一字一顿地说："姐姐，对不起，我再也没法和你一起唱歌了。"

我告诉他没关系："姐姐唱给你听就好了。"

阿泽的父母彻底将家里的生意搁置，每时每刻都陪在阿泽的身边。我不再长时间待在阿泽的病房里，把最后的时光都留给这一家三口。

阿泽持续高热，呼吸变得急迫，所有指标都显示，肿瘤像潮水一样蔓延开来，破坏了阿泽的大脑。再过两三天就是圣诞节了，我月初时给阿泽准备了好看的帽子和围巾作为圣诞礼物，不知道有没有机会送。我趁着记录生命体征的时候，拉起阿泽的手，悄悄说："阿泽啊，你可要争气，至少陪姐姐把圣诞节过了，姐姐给你准备了礼物呢！"阿泽就那样静静地躺着，用力地呼吸着，给不了我一点回应。

2012年12月25日圣诞节，大晴天。阿泽安安静静地躺在病床上，已经陷入了深度昏迷。我知道，这个圣诞夜，阿泽就要划着他生命里最后一根火柴了。

他深深地、慢慢地呼吸着，头一点一点，我陪在旁边，看着心跳从140逐渐下降到110，再慢慢到了80，眨一眨眼，就断崖似的下降到20，直至一条没有太多波动的线。我替他拉出了心电图，上面准确地记录着阿泽离开的时间。那条线，像他渐渐走远的背影。

他走完了一生，有点短暂的一生。

我替他拔掉身上所有的东西，给他戴上我送的帽子和围巾，阿泽又回归了初次见面时那个酷酷的"花泽类"。我轻轻地拉起阿泽仍有余温的手，放在我的肚子上，说："阿泽，跟姐姐说再见，也跟宝宝说再见了。"

我一直看着工作人员离开病房，迈入电梯间，离开我的视线。我原本以为我会哭出来，为这个无端闯入我生命的少年。但是眼睛干干的。我摸了摸脸，一点泪痕也没有。我长长地松了一口气。我知道，再回忆起他，我的欢乐远多于遗憾。也许在另一个世界，里面依旧有他的吉他，他的毛笔，他的青草地。

我忽然想起了阿泽曾经在许愿卡上一笔一画写下的字：天上星，亮晶晶，永灿烂，长安宁。

那是一手好看的瘦金体。

时光过得很快，快到我几乎忘记我曾经肆无忌惮地唱过那么多歌，就为了博一个少年一笑。我默默地祈愿，阿泽的爸妈能过上阿泽想看到的那种生活。

这个城市说大不大，时隔多年，我竟然在街上碰见了阿泽的母亲，她一脸慈爱地牵着一个三四岁的小女孩，说："叫姐姐。"

我一瞬间就笑开了。女孩的眼睛和阿泽好像。

我无须开口多问，这些年阿泽一家一定过得很幸福，就像阿泽想的那样。我甚至笃定女孩的名字是什么，因为那是我和阿泽商量过的名字。

我和阿泽的妈妈相视而笑，然后互相告别。

再见阿香

在康复科当了18年的护士，我总幻想自己是个指挥家。

如果说我的一天是从早晨6点开始工作，那么病人的一天大多是从零点开始活动。零点时分，走廊尽头的第一个病房传来啪啪作响的叩击声，护工阿姨会像闹钟一样准点为病人拍背。紧接着，其他病房也像附和一般拍起来，陆陆续续传来的声响连绵成一片，铿锵有力，从高到低，再逐渐停歇。我站在病区的正中央，像真正的指挥家一样，把这些拍背声区分个高中低声部出来。

工作沉闷，得学会逗自己乐一乐。因为在这个科室，我常会怀疑时间是静止的。一张张没有表情变化的脸孔，整宿没有变换过的睡姿，千百遍地重复某个动作。那天我经过病房，医生在教病人说"你好"，一年后再次经过，同一个医生，同一个病人，同一句"你好"。

有个奶奶因为偏瘫，两条腿像炸坏了的油条，每挪动一步，旁边看着的人都要出冷汗。她的康复师拿个小板凳，总在离她2米远的地方放下："到这里就可以坐下休息了。"大概是最善意的谎言。2米，又2米。奶奶边走边号哭，400米的康复步道，她每天要走两圈。这条康复步道贯穿整个康复科，步道上的黄线时刻提醒着，你已经走了多远。而奇迹，就藏在一天天痛苦的重复里，希望也在忍耐背后一点点积攒。

我的资历比大多数护士要老，负责科里最棘手的病例——植物人。他们不像其他病人那样幸运，连走上康复步道的痛苦都无法领受。我最主要的工作就是陪着整个病房的六位植物人，等待属于他们自己的奇迹。

因为干的时间久了，我几乎准确预见了每个从这里离开的人的结局。他们的表情会告诉我，他们想以怎样的方式离开。但遇到阿香那次，我猜错了。

我第一眼看见阿香，就觉得这阿姨和别人不一样。她的状态极好，好到根本不像一个植物人。脑出血严重后遗症的病人往往有一个特征，就是身上插满管子：鼻子上的胃管、脖子上戴着的气切套管、下半身的导尿管，显然一副颓败的样子。大多数人依靠仪器存活，双眼紧闭，对外界没有任何感知。但阿香不同，她还保有一丝意识，时不时会无意识睁眼，让人有一种她在和你眼神交流的感觉。

过床的时候，两个儿子一把没能把阿香抱起来。她的眼里竟然流露出嫌弃的目光。那个瞬间我很惊讶，甚至觉得她会呼啦一声推开儿子们，然后自己爬上病床，利利索索地给自己盘好胃管，挂好尿袋，再数落儿子们一句：不争气！当然，这是我脑补出来的，阿香其实没法做到，她是个"植物人"。她处于植物生存状态，部分大脑功能正常，但缺乏对外界的反应。

阿香还有一点与众不同：有钱。我们科室有一句调侃的话："只要你给的钱到位，我们什么姿势都会。"像她这种卧床病人，从上级医院出院后，还选择花钱转我们这儿来康复的，大多数都是"家里有矿"。

阿香住院那天，两个儿子、护工阿姨，以及70多岁的老妈，四个人八条腿就在病房里忙活起来。每一趟都拎上满兜的东西：尿片、换洗衣物、康复工具、营养品、阿香的个人用品等等，场面活像候鸟迁徙。我跟同事说："你瞧瞧，这才是有钱人哪，人家一包尿布的钱都够我家小宝买一个月的尿不湿了！"同事头点得跟捣蒜似的，表示极为赞同。

据说，阿香是在一个牌局上出事的。对方摸了个好牌，阿香刚笑着骂了一句就直挺挺地倒下了。牌友们大呼小叫地拨打120，在黄金时间内将阿香送往医院，诊断结果：脑出血。一番折腾下来，命保住了，人却成了植物人。打牌是不要想了，以后只能躺在床上看天花板。

脑出血的后果是一项多选题，如果出血位置不好或者面积过大，好汉就要十八年以后再当了，"盒饭"先领一份。一部分出血量小、发现又早的，能够从生死线上拽回来。但保住命之后，大多数都会留下各种不同的后遗症，其中一部分就成了阿香这种"磨人的小妖精"——他们有心跳，有呼吸，会眨眼睛，会打哈欠，却没有自主活动能力，管不了自己的大小便，只能躺在床上，等着人照顾。这种日子，可能持续一年，也可能持续几十年。简而言之，这样的病人就是一个会花钱，不会干活，还得拖着别人陪他也干不了活的"吞金兽"。

很快，阿香正式入住我负责的病房。阿香人特别精神，顶着刚长出来的毛刺短发，眉毛和眼线依旧鲜艳得和刚描上去一样，皮肤光洁又有弹性，一双眼睛滴溜溜转，不像是要住院，倒像是来巡视病房的。

接下来，为了提高生存质量，她得接受各种医学康复治疗，还要随时小心被并发症吞没。但我觉得这些对阿香来说都不成问题，除了有钱，人家精神头也太好了。

在康复科，要想走完整条康复步道，大多得有足够的医疗费用来打底。很多时候，钱不能让植物人站起来，但它能让植物人活下去，活到奇迹发生的那一刻。我一直觉得，阿香是那年病房里最有希望的病人。

按照入院要求，我从头到脚给阿香检查了一遍。头部伤口愈合情况，颅骨缺损程度，骨窗压力大小，瞳孔对光反应，全身各个管道是否通畅、位置是否妥当，以及每一寸皮肤是否完整，等等。过程枯燥，但不能跳过一个步骤，细节关乎生命。

在康复科当护士，其实做到两点就好办——学会细心，懂得开心。我不喜欢检查过程里安静的空气，这18年来，练就了自言自语的本事。不管面对的病人是否能够回应我，我都喜欢和他们说上几句，甚至还能根据他们的表情，自己脑补出一番话——

"嘿，阿香你好，我是你的管床护士，以后的日子多多关照啊！"

"阿香，护士里面我最胖，你肯定记得住我的！"

"阿香，你一看就是讲究人，瞧瞧你文的眉毛，好看又高档！"

说这些话的同时，阿香依旧安静地躺在病床上。但我觉得，她看我的眼神变了，分外神采奕奕，浑身上下迸发着"我要站起来"的气势。

新年伊始，医院里星星点点的小窗花、小灯笼能让人感受到喜气洋洋的气氛。阿香躺在熟悉的家乡这陌生的病床上，开始了她那画上了转折符的生活——每天各种音乐循环播放解闷，目光所及之处永远都是同一片天花板。

她的生活其实很"充实"：两小时一次的翻身拍背，4小时一次的鼻饲营养，早晚各30分钟一次的肢体被动锻炼和电刺激疗法，这些把阿香的时间填得满满当当。

有些康复电疗会让她不舒服，有时她的手会一直蜷起来发抖，眼睛瞪着你，有对抗的意味，好像在说：你再电我一下试试看！植物人里能够像阿香这样表达情绪的真不多见。这女人没病的时候一定是个硬骨头，我暗暗想。

阿香过去确实是个讲究人。她穿最大牌的衣服，文最逼真的眼线，跳最炫的广场舞。她每天的日程排得很满，上午在工厂培训大儿子，示范如何与客户周旋；下午约个小姐妹逛街做头发；傍晚扶着偏瘫的老公在公园里散步；夜里就在牌桌上谈笑风生。即便她现在"躺倒"了，生活也还是一如既往精致。

有天，阿香的大儿子钢钢从裤兜里掏出一瓶睡眠面膜，告诉我这是他老妈最常用的牌子，上面的字母差点闪瞎我的眼睛。两个儿子陆陆续续地还拿来面霜、各种精华液，他们憨笑着说："不知道老妈还能不能用，不过看着也舒坦，付姐你就自己斟酌着给她抹抹吧。"

为了配得上阿香的讲究，我也贴心地调整了和阿香的聊天内容，话题从"今天太阳好大""对面的油菜花开得很嚣张"改到"阿香啊，你说哪款包保值最好？""阿香，今天你用这瓶乳液可好？愿意的话你就眨巴眨巴眼……"我就这么喋喋不休地说着，也不管阿香能不能回答我，我俩就图一乐呵。

同事打趣我，说我待阿香跟伺候婆婆似的。我自己也觉得，要是我再小个几岁，没结婚，指不定阿香哪一天就会坐起来，开口让我做她儿媳妇，绝不嫌弃我是外地人。

我挺相信"心灵感应"的说法，虽然我说话阿香不能回应，但我看得出她的眉眼里有光，表情也美滋滋的。我看她开心，就问："听听也高兴，是吧！"

阿香的两个儿子长得很像，总是让脸盲的我猜谁大谁小。钢钢总是开车将外婆一道带来看母亲。在病房里陪一阵子，外婆和护工阿姨给妈妈擦身时，他就一个人在护士站外玩着手机，安静地等。

我有时见他看着屏幕傻笑，逗他："跟女朋友聊天呢？"

钢钢则腼腆地笑笑："是处了一个，当初我妈说是外地户口，推说我还小，不同意。"

我看他一副用情至深的样子，就以过来人的身份宽慰他："感情这东西日久见人心，你多带着女孩子过来串串门，你妈妈现在这个样子，更愿意看到你生活美满。"

钢钢很认真地问我："真的吗？"

他对自己母亲会产生畏惧，多少是有点原因的。阿香的家人曾跟我说过，这个女人的前半生并不容易。她一个女人家经商，万事都难。那几年，当地的小商品市场发展很快，阿香独自咬着牙，硬是从一个小地摊，一分一毛赚出了一个厂子。之后事业越做越大，一个厂子变三个，手底下需要管300多号人。要强的代价是阿香把所有的精力都放在了厂子上。就在她事业发展到鼎盛的时候，老公中风偏瘫，需要她伺候。她家里、工厂两边顾，不愿意放掉任何一边。所有主意都是她拿，所有决定都是她说了算。

这些年来，她撑起了一个家，也习惯性地掌控一切，主宰一切，很少会有犹豫的时刻。所以即便她瘫痪在床，儿子也不太敢把女友带来。只不过有的时候，人倒了，有些事就渐渐管不到了。

母亲节那一天，钢钢牵着一个小女生走进了病房。小女生捧着一束康乃馨，我好奇地在护士站张望，探头探脑地打量捧着花的小女生和阿香。阿香很开心，小女生则带着一丝怯意，远远地站在床尾，拉着钢钢的手，不敢靠近。脸上倒也看不出嫌恶之色。我觉得，"准儿媳"能做到这样已经足够了。

钢钢前脚离开，我和同事后脚跑进病房道喜，小姑娘们逗阿香："阿香啊，你要当婆婆了，恭喜你啊！你可得快点好起来，到时候媳妇要给你敬茶的，你还得准备红包呢！"我坐在一边帮着修剪花枝，一抬头，看见阿香居然在微微笑！

她看到"准儿媳"时，眉眼卸掉以往"厉害"的神情，在那一刻竟让人觉得很温柔。整个人嘴角撤开，眼皮微微眯着，露出一点牙齿。她像是在炫耀："你看，我儿子要成家立业了，我很幸福。"

更让我惊喜的是，阿香能动了！她还试图用脚去钩我的手，表达她的欢喜。在植物人的状态下，她能稍微动一动，对抗地心引力，说明她的肌力已经达到了3级。

有了"准儿媳"的加持，阿香每天除了日常的锻炼和护理，还多了一个节目，就是等着儿子和准儿媳隔三岔五地探视。小两口有时手牵着手来，有时拎着生活用品和各种吃食一左一右搀着外婆来。

阿香的病历本从55岁变成56岁，春夏秋冬各种材质的睡衣也轮换了一个遍。在这张床上，阿香过完了一年。她依旧眉眼灵活，面容精致，四肢关节活动无碍。对着她说上一句话，她似乎还能用眼神答复我。

每一次路过阿香的病房，看着她被家里人围着，我都觉得阿香仿佛能笑出声来。我暗自替阿香开心，甚至想哼出歌来："一定是特别的缘分，才可以一路走来变成一家人。"

　　病房里的第二个春节，阿香升级做了婆婆。钢钢结婚了，还给我们送来许多喜糖。我们吃着糖，陪阿香一起开心，又调侃小儿子凯凯，把大学才毕业的小男生弄得不知所措。

　　但即便处于欢乐之中，大家还是能察觉到近来的异常。新年过后，钢钢没那么高频率露面了。听他的外婆讲，钢钢填补了母亲的空缺，正式接管了家里的工厂。凯凯则打辅助，兄弟俩开始背负起养家糊口的重任了。不再是过去坐在家里等着母亲的零花钱的少爷了，钢钢成了接班人。

　　钢钢要准备好让工厂顺利运转起来的一切：招工、接单、赶货、追踪品质、催货款，每一项都需要极大的心力和时间。偶尔来病房一次，也少了一些无忧无虑的公子哥模样，皱着眉头在走廊上接听电话，要么在催货，要么在追款。有时看着阿香的两个儿子来去匆匆，还没进电梯就已经约好了下一场应酬，我只能暗自感慨都不容易。

　　渐渐地，阿香的儿子们一两周才能来一次，每次待上十来分钟就默默地走了，甚至碰面也来不及调侃我的脸盲症了。至于阿香的老公，我已经两三个月没有看到他了。腿脚不便的人，来一次也麻烦。我在心里安慰自己。

　　很长时间，只有我路过阿香的病房或者做治疗时能和她说上几句话，长时间陪伴她的除了专职的护工阿姨，只有她枕头下循环放着的歌曲了。阿香有点寂寞。

我觉得，她这种"女强人"是不怕困难的，就怕寂寞。

阿香出生于（20世纪）60年代，那个年代的人，几乎都吃过一些苦：在长身体的时候吃不饱饭，在属于孩子们疯玩疯闹的时候要帮着家里做家务，在读书求知的年月做手工补贴家用，在风花雪月谈恋爱的时候外出打工。阿香的苦似乎更多一些，但这些苦没能压垮她，反而让她更要强。

她对儿子们的管教越发严苛，对老公的温柔越来越少。谁知儿子们刚有点起色，"大奶奶"的位置还没有坐热就变成了现在这副模样。儿子的婚事她没了发言权，之前反对的儿媳妇现在出现在病床前，她能做的也只是咧嘴笑笑。毕竟她只是一个植物人了。

然而，我没有想到的是，寂寞竟然只是阿香的命运跌落的开始。

轮休后上班的一天，我看见阿香的护工阿姨正在跟钢钢结工资，脚下放着已经收拾好的行李。护工更替对卧床病人来说很正常，我随口问道："阿姨，家里有事要回去吗？"

阿姨的神态有点不自然，胡乱地应了我一声。同事很八卦地把我拉进治疗室，告诉我昨天阿香的老公来了，一进病房就说护工阿姨不会伺候人，要换个护工照顾。至于新护工，听说是阿香她老公的护工强力举荐的小姐妹。

我一时有点搞不清状况。掐指算来，护工阿姨照顾阿香一年有余，一直把阿香打理得妥妥帖帖的。阿香的老公这大半年没来看望过的人，一进门就谴责阿姨不会照顾人，阿姨冤枉不说，还立马空降新护工，有蹊跷。

阿姨上午刚走，下午，一个头戴鸭舌帽，长发及腰，踩着松糕鞋，穿着小短裙的女人就拎着一只亮闪闪的手包慢悠悠地扭进了阿香的病房大门。我甚至能迎面闻到一股香水味。

小护士悄悄凑过来跟我告状："像棵行走的圣诞树一样，哪儿有当护工的样子啊。指甲那么长，指甲油那么花，十个手指恨不得套12个戒指，会做护工吗？"我用手戳了戳小姑娘的头，自己心里也犯嘀咕：不管这人会不会做护工，能挤掉先前那个阿姨，接替这六千块一个月的工作，肯定有点本事。

我放心不下，跑去阿香的病房，给这个"花枝招展"的护工进行指导。从头发到香水，从指甲到戒指，都是忌讳。从什么时候翻身到如何鼻饲，擦身该注意什么，拍背该拍的部位，还有鼻饲的频次以及禁忌证，等等，哇啦哇啦一通下来，我说得口干舌燥，这位新来的护工听得漫不经心。

"你们留意着点，多巡视多费心，一旦有什么不妥的举动就告诉钢钢和凯凯，做儿子的总还是心疼老娘的。"我悄悄叮嘱着手下的小姑娘们。

如果说半夜巡视一趟需要一个小时，那么我至少要在阿香的病房逗留20分钟。5分钟用来生气，15分钟用来帮助阿香翻身、拍背，甚至倒小便。这个钟点，其他病房的病人已经翻身拍背完毕，摆放了一个妥善的姿势继续休息。只有阿香的护工在呼呼大睡。如果我没有去给阿香做这些护理，她就会用同一种憋屈的姿势从深夜12点躺到第二天早上天大亮。

阿香这样的病人，一晚上的时间会让她的骶尾部或者其他骨突处的皮肤成为压疮，尿袋不及时清理会导致膀胱过度充盈，或尿路感染，更严重点还会有肺部感染。这些都是足以杀死她的并发症。

那是阿香最困难的一段时光，想动只能借助外力，可新护工又懒得搭理她。我注意到阿香时，她浑身紧绷，整个人像是被困在了床上。我凑到她跟前，俯下身子跟她咬耳朵："阿香，那个坏护工又不管你啦？"

我帮她从侧面的姿势换成正面，给她所有的关节下面轻轻垫上枕头，再把衣服上的褶皱一点点拉平整。"护工还没来，你难不难过呀，来来，我来帮你弄。有没有舒服一点？"

那时的阿香特别像一只猫，翻身就像在帮她撸毛，撸得舒服了，她会把眼睛幸福地眯成一条缝，四肢软塌塌地摊开来，一点不抗拒。如果换的姿势她不喜欢，她的四肢就会很小幅度地颤抖，眉头也拧在一块，前一秒还温顺的小猫咪后一秒就变成"大老虎"，竖起的眉眼让人一下想象到她年轻时谈判的架势。

看着她的身子从硬邦邦到放松，舒展的眉眼好像在说，终于可以好好睡一下了。我也松了口气，像是完成了一个只有我们两个人才懂的秘密约定。

当班的同事无休止地跟我"吐槽"——

"那个护工上班时间喝酒，还抽烟……"

"昨天晚上那个护工出去好几个小时，翻身、喂饭、倒小便，都是我处理的。"

"那个护工好像有很多追求者？总是有人给她送红玫瑰，我告诉她病房里不能摆，她还不乐意！"

大家都对阿香的新护工不满意，要么玩失踪，要么酒足饭饱夜半归来，要么青天白日捧着个手机专注地用微信摇一摇添加附近的陌生好友。这哪儿是护工，简直是请来了一尊祖宗！很快，我撞见了这个护工更过分的做法，也撞破了更多关于这个家的秘密。

新来的护工总是刺激着阿香，嘴里没一句中听的话。

"我说阿香，你真是个大傻×，你老公都跟他护工好上啦，你还在这躺着！"

"阿香啊，你个笨蛋，反正你是回不了家了，你买的几万块的衣服都被你老公的护工穿走了！"

我听不下去了，告诉她，这是脑出血的病人，对任何一句话都有反应，你成天刺激她，万一出了什么事，担得起这个责任吗？

我从未如此盼星星盼月亮地盼着钢钢和凯凯两兄弟来，好把阿香的近况告诉他们。他们已经好些日子没来了，忙着生意，忙着生存，唯独忘了阿香。

仗着有阿香的老公撑腰，这位妖娆的护工从来不把我和我的严厉警告放在眼里，一如既往地早出晚归，恋爱交友。有时她一甩手出去好几天，就把阿香撂给她从老家带出来的，还在实习期的护工"练手"。我巡视病房的时候，总能看见阿香的头发打着结，大中午了还没有洗脸，一瓶500 cc的营养液到晚上还没有喂完一半。那个清爽精神的阿香不见了。曾经那么要强的一个女人，现在甚至不能维持基本的体面。

我给钢钢打电话，毕竟他是阿香的授权人，一切情况他都有权利知晓。电话那头传来嘈杂的声音，钢钢说他很忙，工厂人手不足，他正在招工和催款的路上："老婆怀孕我都没空陪。"

我只好再一次向他说明事态的严重性："我知道做生意身不由己，没有什么大事我也不想打扰你，可是这个护工的确不称职，你们谁能做主换护工？"

钢钢干笑了一声，冷冷地吐出两个字："我爸。"语气里夹杂着一丝讥讽和无奈。

我没有继续说下去，默默地挂断了通话，又拨通了小儿子凯凯的电话。

凯凯稚嫩的声音有一丝气愤，又有着些许无能为力："我已经搬出来住了，我管不了我爸，护工的钱是他出的。至于我妈的事情，都是我哥一手经办的，我也插不上手。"

凯凯的话里有委屈，也有不甘。外婆讲过，当初阿香执意培养大儿子做生意，让小儿子读书求学，但从头到尾没有问过兄弟俩自己的想法。谁知兄弟俩心里都有怨言，谁也不能理解阿香的心意。现在母亲倒了，两人也各忙各的去了。

这一方小小的病床像是一面镜子，照着阿香的前半辈子，却反射着她此时此刻的境况。那些她愿意的、不愿意的，曾经遗憾、可能后悔的事，似乎都在她躺上病床的时间里加速到来了。而命运的后半程，决定权已不在她自己手上。

陪伴在阿香床边最久的是她那已经年过八旬的老母亲。她总是泪水涟涟地看看阿香，又看看我，然后哭哭啼啼地说：我们阿香命苦啊。老母亲既管不了自己的女婿，一把年纪照顾起阿香来又力不从心。每次大老远跑来一趟，只能在女儿的床头放下一两袋奶粉，几斤鸡蛋。颤颤巍巍地来，又颤颤巍巍地走，好像在躲着什么似的。

没有人奈何得了阿香的护工，她既不隶属护工公司，家里人也不管，成了名副其实的"三不管护工"。

护工越发嚣张，我和同事也焦躁起来。精心护理了快两年的病人，根本经不起如此折腾。已经有好一阵子我没有看见阿香坐在轮椅上晒太阳了。她整个人从头发丝颓废到脚指甲。那段时日，除了做治疗，帮着翻身拍背，我几乎不愿意踏进阿香的病房，更不敢看阿香的眼睛——怕从里面看到让人心酸的东西。我们无一例外地对阿香的现状不忍心，却又无能为力。

阿香就这么被敷衍着，对付着，枕头下循环播放的音乐被护工的指桑骂槐和老母亲的哭诉念叨代替。这些不良情绪直接刺激着阿香的每一根神经。更可怕的是，病床这面镜子将再一次把这些反射到阿香的身体上。我甚至能感受到，阿香正从内里被一点点杀死。

阿香被隔离了。

我给阿香做气切护理的时候，发现气切敷料边缘有一些绿色的渗液，还隐隐有一股刺鼻的味道。我暗道不妙，立即留样培养。检查结果显示，阿香出现了肺部感染，而且多重耐药。

阿香的第一个护工阿姨从来不随意串门，也会注意手部卫生，无论翻身拍背还是鼻饲喂养都非常及时。现在，这个妖娆的护工进进出出成天乱窜，床位放着的消毒液几乎没有动过，无论我们多么注意手部卫生和无菌操作，都避免不了阿香感染的结果。

我们只能给阿香最后一个查房，最后一个做治疗，做什么都会和其他人分开。专用的仪器，专用的床品三件套，所有用过的物品单独处理，分类放置。阿香的床边看起来更寂寞了。

偶尔看见阿香的儿子们来一趟，我也不再乐呵呵上去逗趣，彼此默契地把对方都当作陌路人。阿香的儿媳妇也跟着来过几次，只是她再也不会靠近病房一步，更不会左手右手拎着东西了。她总是斜斜地靠在护士站，拨弄着精心修剪的指甲和小护士闲聊。

阿香当初看不上她是农村人，没有同意她和钢钢谈恋爱。"幸亏她中风躺倒了，我才能嫁进门。"儿媳妇和小护士说。现如今，女孩雇了两个保姆带孩子做家务，花着阿香一手创办的工厂赚来的钱，舒舒服服做全职太太。躺在床上的阿香再也奈何不了她了。小护士们不愿意听这个，总是头不抬，应也不应一声。

我告诉姑娘们，还好，阿香暂时没有压疮，营养储备也足够，我们应该感到庆幸，"我们努努力，早日让阿香的感染好起来"。说这话的时候，其实我也没底。两年时间，700多个日夜，那些该消磨的、不该消磨的，早已被通通消磨掉了。

我以为和阿香的家人很熟，可现在他们让我觉得陌生。隔着电话，我想不起他们任何一个人的脸，仿佛这么长时间的相处是一场梦。他们看来都有"不得已"的苦衷。大儿子忙着维持工厂，维持和妻儿的感情；小儿子忙着生气，生气当家做主的不是自己；阿香的老公现在可以自己拄着拐走路了，身边又有了个红颜知己，"糟糠之妻"的近况也变得没那么重要了。每个人都忙着开展自己的新生活，而阿香无疑是那个"拖后腿"的人。

我虽然生气，还是没办法。顶不过护工，也拗不过家属，任凭阿香像一只隔夜的苹果一样无法挽回地蔫下去。我不敢看她的眼睛、她的表情。我害怕那双眼睛里的光熄了，更害怕那双眼睛里还有光。

一个秋风飒飒的下午，天空有一丝乌云，两兄弟和阿香的老公难得地齐聚在阿香的病房里，其他亲戚则漠不关心地戳在病房外，不时瞟一眼病房里的人。病房正中，一个穿西装、打领带、手拎公文包的人正在大声念着一份协议——房屋转让的协议。阿香名下的房产、店铺将被转让出去，就在这份儿子们的白纸之上，阿香的拇指之下。

大儿子钢钢抓起母亲的大拇指，阿香没有任何反抗，她把手指头伸得直直的，整个人却软绵绵地陷在儿子怀里，任由儿子使劲，配合地在文件上按下了一个瓷实的血红指印。

钢钢面无表情，像在执行例行任务一样，还是没有什么难度的那种，拿起协议，看了一眼，平静地收进包里，转身离开。一屋子人跟着那份协议乌泱乌泱撤了出去。离开的人都得到了自己想要的，小小的病房一下变得空荡荡。阿香的手指还是鲜红鲜红的，上面的印泥还湿着。

我看阿香床边没人，走了进去，用湿巾一点一点擦拭她的手指。忽然，阿香剧烈地抖动起肩膀，嘴巴张得大大的，胸腔剧烈地起伏，气切套管那儿挤出一丝丝气音，像堵着的烟囱呼啦啦响。眼泪顺着她蜡黄的脸颊大颗大颗往下掉，甚至冲开了眼角的污垢。阿香哭得好用力。

这个要强的女人连最后的眼泪都没有在家人面前流。现在只有我和她，她知道没关系的，可以好好哭一场了。

慢慢地，她一寸一寸地安静下来，像一块热炭被一点点打湿，没了生气，从此沉寂下去。这是我最后一次看见阿香露出鲜活的表情，最用力，也最伤心。

我叹了口气，给她一点点擦干净眉眼、脸蛋和手，替她掖好被子，慢慢退了出去。从此以后，阿香的老公、大儿子钢钢、小儿子凯凯，都有一份自己的生活和领地，唯有阿香，一无所有。

我无法感同身受那种悲伤，但从那一天起，阿香以肉眼可见的速度，用一种绝望的姿态不可抑制地衰败下去。无论我们如何勤劳地翻身、拍背，如何小心再小心地遵循无菌原则，她还是头也不回地走着下坡路。我知道，她的"劲儿"散了。曾经获得过的温暖，乌云蔽日一般不见了。

我还在努力。通过用药，通过护理，通过我能做的一切，阿香的肺部感染总算控制住了。解除接触隔离后的第三天，主任找到了阿香的大儿子，当初的授权人，规劝他多放点心思在母亲身上，但那场谈话似乎不欢而散。第二天，阿香匆匆地出院了，听说是转去阿香她丈夫的护工推荐的一个小卫生院。

按照惯例，出院病人的一切用品都要用消毒湿巾擦拭，床和被褥要套上封口袋臭氧消毒，然后再送去供应室消毒或者丢弃。我和手下的小护士戴着手套整理阿香的床位。小姑娘摸着还热和的床位很是惆怅，悠悠地叹了一口气："为什么会变成这样？"

我也清晰地记着阿香刚入院时的样子。她比我见过的所有病人都精神，透过她的眼睛，似乎就能看到她心里的那股劲。只是这一次，我猜错了结局。

每个人都有自己的生活要过，日子一天追着一天，人们总是希望第二天是新的一天，谁也不想念着旧客。然而阿香就是这个旧客，她的存在仿佛会牵绊别人的日子，到后来，只要日子停滞不前，人们就会开始介意这种存在。阿香一天不醒来，家里就一天没有希望。这种付出到底值不值得，标准还是在家人的心里。护工的态度就是家属内心的一张晴雨表。

我摸摸尚有余温的床单被褥，套上消毒罩，扭开定时器，像一种告别仪式似的，臭氧机突突突地工作着，让我幻想阿香走远的脚步声。

关上病房的大门，那张阿香曾经躺了700多天的床铺，又要开始迎接新的病人。

被冻住的人生

在康复科待久了，人会变得越来越乐观。我原地转一圈，看到的病人几乎都是脑出血或腰椎损伤。他们往往和死神擦肩而过，但奇怪的是，即使可能一辈子离不开轮椅，他们也过得挺有盼头。

这是因为好转的奇迹就在他们身边。记得有次来了个脑梗患者，轮椅拉进来，已经半身不遂了，当时也没人抱多大的希望。结果半年过去，人家直接站起来，自己走回家了。

当了18年康复科的临床护士，我算是明白了一个道理——在这里，没有什么是绝对的。

但是，有两种病症除外。

第一种是植物人，他们醒来的概率微乎其微，偶像剧里动手指的情节基本都是骗人的。至于第二种病症，因为太稀少，我甚至很少跟小护士讲。我自己也是在2017年的时候，才真正和这种病症打了个照面——渐冻症。

这种病最大的特征就是残忍。患者大多是青壮年，发病即意味着死亡，但在这种病症面前，死一点都不可怕，可怕的是发病的过程——起初是肺部被感染，一呼一吸都要用力，紧接着是最绝望的"逐渐冰冻"过程。

他们活着的每一天，身体的控制权都在不断被蚕食。可能哪天醒来，就突然发现身体某个部位不能再动弹。到最后，全身只剩两个地方可以保持正常：还能转动的眼球，以及完整的神智。也就是说，患者会清醒地看到自己被冰冻的全过程。

然而整个过程里，最痛苦的可能不是患者本人，而是家属。试想一下，在长达两三年的时间里，看着至亲逐渐僵化，而死期遥遥不可知。病情发展到后期，最爱的人活着的每一天里，家属都在准备丧礼。我一度认为，渐冻症里没有奇迹，留给病人和家属的只有痛苦。

但在2017年那天，来到医院的那位老奶奶，彻底改变了我的想法——她在自己的一生中接触了整整五场渐冻症。我在医院和她相遇时，正值她的第五位渐冻症亲属来住院。她说，这是自己的"最后一战"。

那天清晨，入院中心的一通电话让科室里炸了锅："一名年轻男性渐冻症患者要入院，请提前做好准备。"

　　撂下电话，年轻小护士们聚在一起讨论：渐冻症患者什么样？有人提到霍金，有人好奇地朝电梯口张望。这是我们这个小医院的康复科第一次接收渐冻症患者。大家对这种病的印象都停留在大名鼎鼎的物理学家霍金。他就是渐冻症患者，总是一副斜眉耷眼的形象。但我却没有小丫头们的新奇劲。因为我知道，这三个字无解。渐冻症被列为世界五大绝症之一，目前全球范围内的医疗技术都对它束手无策。

　　我心里隐隐有点慌。除了来势汹汹的陌生病症，作为护士，如果要说我最害怕什么事，那就是一点：我不希望在工作中看到熟人。当电话那头提到渐冻症时，我脑海里毫无征兆地浮现了霍金之外的另一张脸，一张15岁男孩的脸。

　　没容我细想，电梯大门开合：一个老太，一个男孩，一把轮椅。

　　严阵以待的小护士们愣在了原地——一位不足一米五的老奶奶，极其瘦弱，四肢可以用枯干来形容。她推着一把轮椅，握在轮椅上的手指骨节粗大，一直在不自主地颤抖。而轮椅上倚坐着一个男孩，静止不动。没有其他的家属，就这么一老一小，安静、缓慢地移进了科室。

　　男孩细长的四肢像藤蔓一样软塌塌地搭在轮椅上，嗓门却很嘹亮。看见我，老远就咧开嘴笑了："姐姐，我们又见面了。"老奶奶推着他来到我面前，微笑着看我。

　　男孩叫小虎，身患渐冻症4年，帮小虎推轮椅的是他的奶奶。我曾在一次公益活动的现场见过这祖孙俩。当时他们正在拍卖自家的绿植，我还上去聊了好久，彼此都留下了很深的印象。

此刻，我迎上去拉了拉小虎的手指，逗他："哟，小老板赚大钱了嘛！"小虎又笑起来，笑声嘹亮，似乎在努力地调动胸腔肌肉的力量。

这个被渐冻症扼住了命运的少年，目前尚能够倚坐在轮椅上，但在未来可预见的日子里，他全身的肌肉会一点点萎缩，直至瘫痪。我不太能把这样的事和眼前笑着的小虎联系在一起。

我把小虎带到床位边，和康复评定师俩人铆足了劲搬小虎，可这个竹竿似的孩子竟然纹丝不动。那是我第一次知道，渐冻症的患者因为肌肉无法运作，整个身体是一种"死沉"的状态，根本不像普通病患一样容易挪动。

我和康复师大眼瞪小眼，正当我们合计着再叫一个帮手时，小虎的奶奶凑过来了。只见瘦弱的她，用公主抱的姿势，一把将小虎从轮椅上抄起，再放到病床上。往下放的瞬间，还捎带着帮小虎调整了姿势，把手脚摆在最舒适的位置。她的动作一气呵成，颇像个"练家子"。

对于小虎的奶奶这套示范，我和康复师脸上都有点挂不住，夸奶奶有技巧。小虎的奶奶却笑着摆摆手，肿大的手指关节稍稍颤抖。

当管床医生送来各项告知书，我严肃做好准备，想着和小虎的奶奶好好谈一谈。毕竟这是科室第一次接收渐冻症病人，让病人和家属都更好地了解病症，接受治疗，非常关键。但小虎的奶奶接下来的举动更让我吃惊。

她接过告知书就伸出食指，平静如常地找我们讨要起印泥来："老太婆我不认识字，需要我签名的，我按手印就好。"

　　说完，她直接用食指蘸了一块印泥，问我们："医生，是按在这里吧？"这个不识字的老太直接找到了签名的正确位置。

　　我们站点的护士都有些莫名其妙。她明明是第一次来我们医院，怎么对文书那么熟悉。更何况她表现得简直像一架机器。不需要讲解，没有提问，连预期内的恐慌，甚至一点点沮丧都没有。她甚至是礼貌地笑着的。

　　小虎的奶奶宛如"熟练工"的每个举动都在告诉我，那张平静的笑脸下一定曾有过很多种表情。

　　小虎住院没多久，今年72岁的小虎的奶奶就成了全科室病患的导师。

　　很多病患家属来询问奶奶，要怎么抱起那些人高马大的病患。她总是亲自示范，挥着枯枝一样的手说，这仅仅是熟能生巧而已。但是她又真真切切地教导着同病房的家属，如何给卧床病人换床单，翻身用什么姿势节省力气。甚至有一次，一个病友家属外出了，我亲眼看到她掐着秒，到时间了突然起身，迅速帮病人翻身拍背，绝对准时准点。

　　也是那时我发现，小虎的奶奶每天的时间都被严格划分，和打卡上班没有区别。

　　每天凌晨4点准时起床给小虎洗漱、擦洗身子，再端起碗，用勺子一点点把食堂的早餐碾碎。这是个细活，必须碾到食物接近糊状，就怕小虎的肌肉无力，呛到气管可是大事。紧接着，她自己的饭没吃完，小虎的晨间治疗就开始了。她坐在旁边，每隔5分钟抬头看一眼点滴，然后又埋下头，做手工挣钱。她对时间的把控像台精密的仪器。在此期间，她还要定时给小虎挪动身体4次，活动下手脚，避免皮肤破溃。

只有下午做康复训练的时候，小虎的奶奶才能"溜"出去一会儿。她总是火急火燎地进电梯，脖子上套着老年卡。她得赶车回家，收拾田地和果园。卖了的菜和水果是祖孙俩主要的经济来源。

像小虎这种情况，消耗的治疗费用可不是小数。其他护士怎么都想不明白，这对祖孙也没有家属帮衬，是怎么坚持到今天的。整个护士站只有我知道背后的秘密。

我和这对祖孙第一次见面是在两年前，一场公益售卖活动。和其他等待捐助的家庭不同，小虎和奶奶是唯一亲自到场的受捐方。

他们之所以要亲自去，就是因为不愿意白白接受施舍。小虎让奶奶种了些薄荷、驱蚊草等好看又好养活的植物，分装成小盆栽带到活动现场售卖。

从旁经过，假如你忽略掉他细瘦弯曲的双手，无力耷拉的双腿，你一定会羡慕这个少年充沛的活力。人们围在小虎的周围不时交头接耳，细细打量着四肢像枯枝一般的小虎，目光里的含义说不清道不明。小虎也许是感觉到了人们投射过来的目光，他愈发卖力地吆喝，像是想用声音驱散那些包裹着自己的眼神。这时只有奶奶站在小虎身后，坚定地举着牌子，告诉大家：这是渐冻症。

祖孙俩就是这样，从不抱怨半句钱的问题，只是在不伤自尊的前提下，用全力去挣。但这些高强度的劳作，再加上小虎逐渐僵硬的躯体，让我担心奶奶一个老人还能撑多久。

后来我才知道，自己还是太小看奶奶了——这样的生活，她已经过了30多年。从带着孙子住院开始，奶奶跟人说话的口头禅就是一句："我习惯了。"

相熟以后，奶奶开始对我祖露心扉，讲起了自己的过去。她说自己并不喜欢所谓的习惯，因为这份"经验"是以4条人命的代价一点点熬出来的。

奶奶的"经验"来自小虎的爷爷、爸爸、叔叔和姑奶奶。这一家人都得了渐冻症，无一幸存。她在讲述过程中反复问我一个问题：人到底应不应该信鬼神？

奶奶21岁时嫁给小虎的爷爷。她下意识说道："那时他身体好壮，都是肉，都是力气。"

奶奶30岁那年，因为孩子的出生，两夫妻忙着建一个大点的屋子，没日没夜地干活。但突然有一天，向来抢着干重活的小虎的爷爷下肢酸痛乏力，还伴随着无规律的肌肉跳动。小虎的爷爷之前一直身体健朗，连感冒发烧都少有，夫妻俩一致认为是干活太累，从村卫生所揣了几贴膏药就回家了。没几天症状消失，小虎的爷爷又继续忙着造新房。

可惜，这次的恢复只是假象。房子造好没多久，爷爷又出现腿脚无力的症状，"两条腿上的肉枯掉了"。爷爷的腿越来越细，再不久，连坐都坐不稳当，只能躺在新房的床上，望着奶奶和孩子们进出忙碌。

起初，小虎的奶奶照顾丈夫也不得其法，一米五的瘦小身躯，外加两个儿子，三人合力都翻不动一米八的爷爷。再后来，爷爷越发使不上劲，身体也越来越沉。

那还不是最坏的时候，小虎的爷爷还能和奶奶说说话，庆幸自己造好了房子才生病。时间一长，爷爷整个人都僵掉了，全身上下只剩皮包骨。

"可怜的老头子只会念叨要去死，他哪里做得到哟！他连舌头都咬不破！"

最后，爷爷死在了新房子里。他的离开让奶奶知道，原来得了某些重症，人不是一下死掉的。这样的话，不能太急着难过，还要留着力气慢慢送他们走。

小虎的爷爷生病后，总有人劝奶奶离开这个烂摊子，远走高飞。但奶奶看着两个高高大大的儿子，还有和爷爷一砖一瓦盖起的新房，拒绝了旁人改嫁的建议，孤身一人拉扯两个孩子，守着这个失去了主心骨的小家。

儿子们渐渐长大，小虎的奶奶也越来越有盼头。小虎的爸爸娶了好看的媳妇，也有了可爱的小虎。小虎的叔叔则在城里开了一家小店，一家子眼看就要过上好日子。

但就在小虎刚周岁时，小虎的爸爸发病了，下肢开始僵硬。接下来是小虎的叔叔，还有姑奶奶，所有的症状如同小虎的爷爷的复刻版。四处求医问药的奶奶从医生那儿只问来了个陌生的名词：渐冻症。更让奶奶眼前一黑的是，医生告诉她，这病具有遗传性。

"村子里都在怀疑，说我家是不是遭到了诅咒，神佛是不会保佑的，得绝户。"

一家人都瘫在床上的时候，奶奶盘算过，自己前半生做了什么坏事，但怎么也没想起来。她也没办法去问家人是不是有亏心事，因为都已经不能说话了。她说，自己就是从那个时候开始不再信世上有鬼神。

随着住院时间一天天过去，小虎的渐冻症也在恶化。现在，他的手臂已经接近失控，仅剩右手拇指和食指的第二个指关节能够活动。

我常常看他用这两根手指，在公益组织送来的平板电脑上戳戳戳。我凑上去瞧过几眼，是张作文纸的照片。上面的字迹工整清秀，写着苏轼的一首词：《定风波》。

小虎告诉我，这是他刚发病，双手还能写字时写的。他给我解释这首词第一句的意思——那天沙湖道上下雨了，仆人带着雨具走了，我身边的人都觉得很狼狈，只有我自己不觉得。等到天晴就作了这首词。

他说，这首词对自己很重要，是常常要拿出来念的，不仅是鼓励自己，更是安慰奶奶。小虎跟我说了更多关于奶奶的事儿，在他的记忆中，奶奶就是那个冒着风雨不觉狼狈的人，只不过从来没人陪她等到天晴。

家里的壮劳力都倒下以后，小虎的妈妈马上收拾好了离家的包袱。小虎的叔叔那青梅竹马的对象不止一次表示，会对这个家不离不弃。但奶奶不答应，亲自劝说准儿媳另嫁他人，"这个毛病我儿子生病后我就弄懂了，会遗传的，我不能害了人家"。

从那以后，奶奶开始独自面对屋里躺着的儿子，再看着眼前尚年幼的小虎，一句抱怨的话都说不出口。她知道自己接下来要承担的不是像丈夫那样一个渐冻症患者，而是整个家族，包括自己在内5个人的命运。

更多亲友来劝奶奶，他们确实也是在为奶奶着想，渐冻症这种病拖起来不是一两年。可奶奶老是觉得，自己离不开了："这房子，是我们夫妻俩盖的，儿子也是在这里娶老婆生孙子的。其他地方不是家。"

后来的日子里，她成了整个家唯一"能动的人"，却似乎跟这个家一块，被"冻住"了。她亲手将儿子们一个一个送走："送走一个，房子变得空旷一点点。"四下无声的时候，小虎的奶奶甚至觉得自己的耳朵更灵了，眼睛更尖了，她会凝神去听家里有没有什么动静，守着躺在床上的亲人哪怕一丁点细微的反应。

盛年丧夫，中年丧子，每个家人离去的痛苦都加诸在奶奶一个人的身上。"自己的孩子走的时候感觉不一样了，知道是什么病，没得治了，就伤心得明明白白。"

或许她自己也没想到，送走最后一个儿子时，距离最初丈夫患上渐冻症，已经过去了30多年。等到这时，她总算有精力回顾过往，才发现，当年的新房子现在已经破旧不堪。

在屋子的一角，有个老旧的脚踏式吸引器，用来帮渐冻症患者吸嘴和气道里的痰。那是小虎的爸爸当初用过的，奶奶将它擦得干干净净，用塑料袋一层一层包裹好。奶奶一边做着这些，一边在祈祷事件到此为止。

但那天还是来了，小虎的下肢开始发病。她没说什么，凭借着之前照顾四个病人的经验，一天天算着小虎的病症到了哪个阶段。

起初，小虎边吃药边上学，奶奶就扶着小虎一步步慢慢走。后来小虎走不动路了，奶奶就把小虎背在背上，坚持送小虎上学。再后来，小虎握不住笔了，也不能长时间坐着，奶奶就用推过小虎的爷爷、爸爸、叔叔，现在推着小虎的轮椅，拉着他到外面，走走看看。渐渐地，小虎的肌无力逐渐蔓延到双手和头颈部，无法上学了。

小虎彻底瘫倒的那天，奶奶特别平静。她抚摸着小虎细瘦的胳膊，把"渐冻症""遗传性疾病"这些从医生嘴里听来的词一字一句细细讲给小虎听。

小虎默默想了很久，用十三四岁尚未退去的童声说："奶奶，对不起，我让你的日子难过了。"小虎说的每个字都像一把尖利的小锤，一下一下凿在奶奶的心里。

奶奶一声不吭，她不知道怎么宽慰自己的小孙子。"大半辈子了，没人安慰过我，他们都说不了话。我都不知道怎么去安慰小虎。"

尽管对渐冻症的特性了如指掌，奶奶依旧怀着一丝侥幸，她打从心里希望，自己的孙子能躲过这一遭。"如果逃脱不了，我只求最后照顾小虎的人是我。我有经验。"那天在医院里奶奶郑重地对我说。

当时我突然明白，小虎对奶奶有多重要。这个女人与命运"拔河"了30多年，哪怕被拽得只剩最后一点点力气了，也不想放弃。如果小虎走了，关于那个家真的就只剩回忆了。

对于自己身上的渐冻症，小虎似乎有和奶奶不一样的情绪——"根本不公平"。

第一次听奶奶说出"渐冻症"三个字的时候，小虎一瞬间就明白了。他童年时曾亲眼看见爸爸和叔叔的离去；只是，他从未将那些肢体逐渐僵化的景象和自己长大后的样子联系在一起。他对这场像是安排好的灾难并没有过多抱怨，他最难过的是自己发病太早了。

"根本不公平嘛，要是我晚一些发病，像爸爸和叔叔那个年纪，我肯定已经赚了很多钱，可以自己花钱请人照顾自己，还可以花钱请人照顾奶奶，就用不着奶奶那么辛苦了。"小虎晃荡着脑袋告诉我，又懊丧地看了看自己藤条般细长耷拉的手脚。

小虎对离开家的妈妈没有多少印象，他的童年记忆都是自己还没有床沿高的时候，看奶奶照顾爸爸，又照顾叔叔的画面。印象中的爸爸和叔叔都是瘦骨嶙峋，一动不动地躺在床上，真的像冻住了一样。只有奶奶腿脚麻利地里里外外忙活。小虎大一点之后，一放学放下书包，就帮着奶奶给长辈们擦身喂饭。

只是如果赶上周末，村里的小孩跑着喊着到处撒欢，吵吵闹闹路过小虎家门时，叔叔和爸爸总会支撑着僵硬的身躯让小虎出去和小伙伴玩玩。但小虎很少去，即便去了也总是玩得心不在焉，他总觉得有人在等着自己帮忙翻身。

小虎五年级的时候，叔叔和爸爸在小虎和奶奶的陪伴下相继病逝。从那以后，小虎觉得奶奶对自己有了些变化。奶奶会自己念叨着什么，又摇摇头像是否定，她比爸爸和叔叔都更频繁地喊小虎出去玩："你多去玩玩，不用着急回来。"如今躺在病床上的小虎才明白，这是奶奶在为他的有限时间争取最珍贵的记忆。

病症发展到中后期，小虎看平板电脑的频率越来越高了。平板电脑里有许多他尚能跑跳时的照片。照片上的少年浓眉大眼，活力四射，把简单的校服穿出了如他网名"小旋风"一般的气场。

除此以外，他还一直在证明"我是个有用的孩子"。尽管身子大部分不能动弹，但他能坐在轮椅上指点着奶奶种植售卖的小植物。奶奶很听小虎的，小虎说什么，她就做什么。好让小虎感觉真的在亲自动手一样。

等时间到了，小虎就会用还能动的那两个指头帮奶奶在QQ群里推销水果和小盆栽。医院里的每个人都知道，奶奶正在争分夺秒地让小虎体验自己尚且能做主身体的乐趣。

眼下无论是多么其乐融融的景象，也无法掩盖小虎的病情不断恶化的事实。他的身体就像父辈们一样，越来越沉，且上肢的肌肉正在快速萎缩。更棘手的是，小虎的奶奶的身体也并没有她自己夸口得那么好：房颤、高血压、腰椎间盘突出，每天都需要大把吃药。奶奶会仔仔细细地数，生怕落下一粒。她说自己绷着一口气不敢生病，自己躺下就没人照看孙子了。

但是怕什么来什么。奶奶还是病了，躺在病床上急得淌眼抹泪："小虎没人照顾，家里的草莓也熟了，我怎么能这个节骨眼生病！"

我们安慰小虎的奶奶，熟悉情况的护工阿姨也站出来表态，说她可以帮着照看一下小虎，分文不收，让奶奶安心治病。小虎也安慰奶奶，不要担心家里的草莓。他用自己仅能动的两个指节，一字一句在公益群里打下"奶奶病了，家里的草莓没人摘，请叔叔阿姨们帮忙采摘"的求助信息。

没两天，公益群传来消息，小虎家的草莓全线售罄。小虎将头抵在病床上，僵硬地对着尚未痊愈的奶奶笑。与此同时，他也意识到自己身体的变化，便和奶奶约定，在自己最后还能动弹说话的时间里，为两人之后的交流设计一套"暗号"。

渐冻症患者到了最后，大多只有眼球，以及一部分面部肌肉能动。小虎告诉奶奶，自己将来眼球看向哪个方向，就代表自己哪儿痒了疼了，什么样的面部表情代表此时需要的卧位。他就连自己喉咙发出的音节也计算在内，那代表他吃东西的感受。

很快，小虎的第一轮康复疗程就要完毕。他要和父辈们一样，准备和渐冻症进行终场比赛了。那天，小虎的奶奶在科室里欲言又止。当康复师和她谈小虎下一阶段的康复疗程时，她斟酌了许久，拒绝了这个建议。

小虎的奶奶红着眼睛跟我们解释，她绝不是放弃小虎，但现在家里的状况，实在不允许他们来回折腾。这个家要钱没钱，要人没人，老的老，病的病，奶奶坚决地说："我得走在孙子后面。"

我们都清醒地知道，小虎的病情只会越来越糟。如果奶奶先倒了，真可能找不到人像小虎的奶奶这样坚持照顾孩子的人了。

殊不知，小虎也迫切地想回家。他不止一次对康复师说，他能感觉到自己身上的肌肉一点点不听使唤了，即便是做康复也不能阻止它继续恶化，他不想拖垮奶奶。

这个亲历过多次生离死别的孩子，对自己未来的情况非常了解，任何试图劝慰的话语都不起作用。最后一段路是什么样的，谁也不如小虎自己看得透彻。祖孙俩再次默契配合，一致决定：回家。

车子缓缓发动，向着小虎和奶奶清贫但温暖的家开去。

我甚至能想象出他们回家后的画面：小虎在家坚持做康复锻炼，奶奶依旧家里外面地忙活，但一回头，就能看见孙子坐在轮椅上微微含笑，迎着奶奶的目光。

我觉得值得庆幸的是，至少这些趋近静止的时光里，祖孙俩还有彼此。

为了了解到小虎的动向，我加了他的微信，密切关注着公益群里关于他的一切消息。起初，小虎依旧活跃在公益群或朋友圈里，吆喝吆喝家里的蔬菜、水果、小盆栽，抒发下少年心绪，偶尔也抱怨奶奶出去后忘记给自己带好吃的回来。一如见面时的他一样，热热闹闹。但随着时间的推移，小虎在群里说话的次数少了，我只能偶尔在朋友圈里刷到他三三两两的信息——"手指头不听使唤""脖子直不起来了""最近吃东西总觉得噎得慌"，等等，还有那些我看到之后只敢快速滑过的"怎么办""很无助"这些简短但扎心的字眼。

渐渐地，大家不约而同地避开"小虎和奶奶"这个让人无可奈何的话题。

没有消息，已经是好消息。

2017年8月的一个清晨，工作群里传来一条重磅消息：小虎来住院了。

我刚踏进科室大门，同事就迎面来了一句：小虎还住在老地方，你可别认错人。我心里已经开始打鼓，还没靠近病房，就闻到一股难以言诉的刺鼻气味。

小虎又和我见面了。快一年不见，我竟然找不到词来形容他。之前那个笑着跟我打招呼的小虎早已不见踪影，眼前的男孩目光无神，仰面躺着，一副任人宰割的模样。

揭开盖在小虎身上的被子，我倒吸了一口凉气——这个瘦弱得仿佛大风都能拦腰吹断的孩子，浑身上下包裹着弹力绷带，刺鼻的创口气味里还带着一丝清创药的味道。大片大片的渗液透过敷料染在护理垫上面。

不用询问，小虎这阵子过得很惨，而且不可救药地败落下去，直到村里的卫生院束手无策，才将小虎转入上级医院，将就着继续治疗。每天的清创换药，成了我们和小虎的"渡劫时间"。我得做好足够的心理建设才能面对揭开绷带后的视觉冲击。

每换一次药，都要一两个小时。换药的医生累得满头大汗，脚下的大号感染性垃圾袋越堆越满。而小虎就像一个破烂的木偶一样，任由我们翻来覆去抬胳膊伸腿，打补丁似的修补他的身体。他呼哧带喘，却连调动面部肌肉露出一个痛苦表情的力气都没有了。

而奶奶已经彻底崩溃了，她根本找不到愿意帮自己的护工。哪怕志愿者开出了一天200元的薪水，也找不到人帮忙。他们私底下撇嘴，说护理这种孩子，光陪着换药都能省下好几顿饭。

从那时开始，一向不信神佛的小虎的奶奶忽然变得迷信起来。她总是捻着一串手串，细细念叨着听不懂的经文。连小虎的枕头下也掖着几张黄澄澄的护身符和一个红彤彤的布包。那是小虎奶奶托人从寺庙里求来的平安符，据说有高僧诵经开光，能避五鬼，逢凶化吉。

奶奶觉得，配合治疗和求神拜佛同步进行，说不定老天爷可以网开一面，也能把阎王老儿给忽悠过去。"我要着这个骗鬼的把戏，也骗骗我自己，我想再试一试，试一试总没有坏处。"

我不知道是不是小虎的奶奶的诚心真的打动了上天，曾经照顾过小虎的护工阿姨忽然推拒了日薪300元的高薪护理工作，卷着铺盖睡在了小虎的旁边，每天陪着小虎的奶奶照顾小虎，尽心尽力，分文不取。

我们表扬阿姨，阿姨只是摆摆手说，真正值得尊敬的是小虎的奶奶："她这一辈子把自己熬成了一块炭，没让坑里的火熄了。"

但哪怕有护工阿姨的陪伴，小虎的奶奶也很少安心躺下睡觉。她总是睡着睡着就惊醒，坐起身，望着小虎依旧在起伏的胸腔，听着他喉头拉风箱般的声音，安心地舒一口气，再拉着小虎的手，头趴在床边休息。那些夜晚，她一直在握着小虎的手，感受小虎的体温。或许，她舍不得的不仅仅是小虎。

我们谁也没有劝她，只是查房路过她身边时，不约而同地放轻了脚步。

奶奶的骗鬼举动以失败告终。

小虎还是走了，小虎终于走了。他和大多数渐冻症患者一样，死于呼吸衰竭和感染。这个懂事、可爱的少年，再也不用过这种每一寸肌肉都不听从自己指挥的生活了。

病区里的人悄悄议论，说老太太终于不用再过这种深不见底的日子了。言语里带着悲天悯人和庆幸。

人人都说她解脱了，但小虎的奶奶哭得分外用力。她给小虎穿好衣服，看殡仪馆来人将小虎带上担架，收拾好小虎的生活用品，包括她求来的平安符。那些当初企图骗鬼的道具，一件件，她都整齐地叠好，仔仔细细地打包。

有人在小声议论着："小虎肯定没救，小虎的奶奶就是瞎忙活，这样的日子还过个什么劲……"我都会毫不客气地狠狠说回去。这个女人，只不过是在一生里把想爱的人都爱过了而已。

临走那天，她擦干眼泪，拒绝了我们送她上车的请求。

小虎的奶奶说，她完成了她的任务："从今以后，我在外面忙，再也不用回头看。没有人在等我。"

从这一刻开始，她的人生解冻了。

孤岛病房

医院的ICU护士站就像一座白色的孤岛，没有急救的时候，这里的病区和病区外的走廊常常陷入一种沉寂。这是唯一需要经过层层阻隔才能进入的病房，但每个人的生死都可能会和它有关。

第一道阻隔是一扇自动门，所有人都必须按响门铃和病房内的人通话，得到允许后才可以进入。第二道阻隔是隔离区的换衣间，家属要按照要求换上隔离衣，才能进入病房大门。第三道阻隔是病房地面上病床区域的黄色标线，上面整齐划一地写着：家属止步。

病人和家属每天见面的时间是以分钟计算的。更多的时候，他们要依靠护士在中间传话。不少病人害怕ICU，怕自己"活着进来，躺着出去"。

还有一些情况是重症病人不知道的，一旦迈进了这扇门，命就不属于自己了，而是属于自己的委托人。委托人通常是家属。按照规定，医生的每一次操作、治疗都需要有反馈对象。昏迷、危重的患者无法为自己签字，医院会把患者治疗的权力交给患者家属。

当患者进入ICU时，我会拿着一摞文件交给家属签字。签署完毕，我会走进"孤岛"，把一只小黄鸭放到患者手中。小黄鸭是那种一捏就叫的发声玩具，它是我们科室的传统，也是这里表达喜怒哀乐，甚至生死选择的呼叫器。

刚进这家医院的时候，护理部主任就问我："你想选哪个科室？"我说随便，因为除了儿科，我对其他科室都不太了解。她接着问："儿科和ICU怎么样？"

我没有马上回答她的话。其实，我挺喜欢儿科里的小朋友，但我怕遭打。在儿科实习的时候，我打针的机会很少，大部分是旁观。孩子的血管又小又脆，非常容易破，给他们打针不容易。有次带教护士照例给一个小孩输液，打头皮。刚打进去，娃娃的脑袋上就肿了一个包。小孩的爸爸是个矮胖的年轻人，一巴掌就糊了过来，把打针护士的帽子都拍掉了："妈卖批！会不会打针哦！娃儿哭得楞个造孽！日妈哟！"他们一家人，男的、女的、老的、少的，把我们围起来骂"妈卖批"。带教护士捡起帽子，没有哭，护士长匆匆赶过来先安抚家属，然后亲自给那个孩子打针。因为只是打掉了帽子，他们最后连句道歉也没有。我站在一边，从此就对儿科打针有了心理阴影。

于是，我说想去ICU，护理部主任劝我："ICU的要求高……

ICU的护士长想招农村出来的，因为吃得了苦。"

"我就是农村出来的。"我骄傲地说。

后来工作了一段时间我才晓得，先问"要不要去儿科和ICU"是护理部主任的常用套路，因为护士们都不大愿意去这两个科室。

ICU压力大，一个小小的失误人就没了。所以这里的护士要对内、外、妇、儿科的知识全面了解，急救知识要丰富，心理承受能力也要强。还有一个基础能力也很重要——得不怕脏。我们要给不能动的病人抠脚、弄屎弄尿，好几个新来的小护士就是受不了才走的。

刚进ICU的时候，这里的老护士叫我做好心理准备，"活多钱少"。我不信，觉得是护士长在考验我们。

第一次见到杨霖时，我还在普外科轮转学习。那天下午5点多，我到科室准备换工作服上班，听到病房里嘈杂的声音："快点准备抢救，36床呼吸困难，通知ICU，准备插管和呼吸机！"

我换好衣服出来，就看到医生护士和几个家属推着一张病床往电梯口奔去。病床上躺坐着一个约莫40岁的男人，穿着没系扣子的病号服，张大嘴巴不停喘气。他捂着胸口，靠在枕头上不断地摇脑袋，满脸是汗，看起来像马上就要窒息了。当时我心里就只有一个念头：ICU的同事们有得忙了。

几天后，我来到了ICU。上班第一天，就看到2床有位病人的手被束缚在床栏上，白色的被子搭着，床边放了大大小小5个输液泵，监护仪断续传来"嘟嘟"声。他用上了呼吸机，身上尿管、胃管、深静脉置管一个都不落，胸口还插着四根胸腔闭式引流管。直到夜班护士和我交班时，我才记起这就是前几天被抢救的中年男人。

杨霖被诊断为自发性气胸。因为肺大疱破裂导致胸膜腔里装满了气，压迫到肺，呼吸困难。夜班护士带着一脸倦容跟我交班："他现在是嗜睡状态，血氧饱和度不是很好，要加强吸痰。血压也不好，注意升压药不能断。胸腔闭式引流管也很多，一定要观察有没有气泡溢出。有时会有点烦躁，想要拔管，要注意约束好……"

在交代完病情和诸多注意事项后，夜班护士放低了声音，对我眨眨眼："家属要求挺多的，要注意多沟通。"

我心领神会地笑了笑。在ICU这种特殊科室里，患者病情危重，家属又不能时刻陪伴。家属们对护士的要求多我早就习以为常。听到同事嘱咐，我还是留了个心眼，想先跟躺在病床上的杨霖搞好关系。

来到病床前，我大声叫他："杨霖，听得见我讲话吗？"

他眼皮动了动，张大嘴巴想回应我，但他嘴里插了管子，没法发声。

"你不用讲话，我问你问题，你点头或者摇头就行。"

他点点头，动了动手指。

"我是你今天的责任护士小徐，现在我们给你翻个身。"

我和同事麻利地给他翻完身，整理好了所有的管道。我拉着绑在他手上的约束带，把床栏上吊着的小黄鸭递到他手里。很多患者都插着管不能讲话，我们就在每个床栏上系个小黄鸭，充当呼叫器。其他科室的护士来我们这儿轮转时，都夸小黄鸭"很科学"。

"你有什么需要，就捏这个小黄鸭叫我，想说什么可以写在这边的写字板上。你身上的管子很重要，怕你不小心拔掉，我们要把你的手套起，你不要害怕哦。"

在ICU，患者有的昏迷，有的清醒，其中，杨霖这种浑身插满管子，意识还清醒的患者是最让我们护士头疼的。因为身体上的疼痛和不适会让人的行为不受控制。病人千方百计企图拔管的事并不稀奇。为了避免这种事情发生，ICU通常的做法是，拿出"尺寸合适"的约束带把患者绑在床上。

杨霖缓缓睁开了眼睛，试探地捏了两下小黄鸭，又努力地想要把双手抬起来，但由于被我拉住了约束带，抬手失败了。他再次挣扎着想要把手抬起来，此时，我已经把约束带绑在了床栏上。

我安抚他："叔叔，你的手我们还不能给你解开，你要听话哦，不然管子掉了有可能就没命了。"

杨霖摇摇头，整个人都开始扭动起来，想要挣脱约束带的束缚。因为动静太大，心电监护仪也开始"嘟嘟嘟"地报警。想到同事说他家属要求多，他又不配合，我有点生气，大声呵斥他："你在干啥子嘛，板啥子板，等下命都板脱了。"

他没有听我的，还是在尽最大的力气挣扎着。无奈，我只好解开他的一只手，想看他到底要干吗。谁知道约束带一解开，他就立马抬起手伸向嘴边，准备去扯气管插管。我连忙按住了："王医生，来看一下2床，现在很烦躁，想要拔管，心率140了。"

王医生匆匆从另一个床赶过来，看了看他身上的管道，又看了看监护仪，大声地说："杨霖，你不要板！嘴巴里的管子是救命的，没有这个管子你都没法呼吸了。你板起心率又快，你人只会更累，要听招呼撒。"

杨霖好像完全屏蔽了我们的话，依然自顾自地扭动着身体。他力气很大，我双手扯着约束带都感觉有点拉不住了。

"哎，把镇静剂调大一点。"王医生皱起眉头对我说。

镇静药物起了作用，杨霖的力气越来越小，最后慢慢地闭上了眼睛，手也垂在床上。为了防止他再次烦躁扯管子，我用约束带把他的双手套在床栏上系了个死结。然后才开始自己一天的工作。

ICU的病人是送进来救命的，所以，护士们的工作既"高级"又"基础"，琐碎又规律。我们要负责患者从早到晚，从治疗到生活的全部。按时给病人翻身，防止出现压疮；翻完身后要准备配药输液，推着各种仪器依次为他们治疗；每小时甚至每二十分钟要记录患者的生命体征情况，记录每小时的小便量；到了饭点，还要挨个解决他们的饮食。这都是常规的工作，遇到紧急抢救的，我们还要给病人做心肺复苏，做电除颤，要不间断地配置各种药物。在这么多要做的事情面前，除了约束和镇静，我们实在找不到更好的方法来防止患者拔管了。

　　到了中午探视的时间，我终于见到了同事口中"要求多"的家属。

　　她是杨霖的妻子，看起来很疲惫，眉头快拧成了一个结。隔离衣我还没给她系好，她就急急忙忙地跑到床边，拉着杨霖的手，严厉地质问我："为啥子把他的手套得楞个紧？"

　　"叔叔他太烦躁了，想拔管，没得办法就只有套紧点。"我赶忙解释。

　　"那他啥子时候能拔管啊？住了这么多天，一点好转都没有！你们是不是在认真地治哦？"他妻子板着一张脸，嗓门更大了。

　　"你稍等一下，我让主管医生给你说。"作为护士，我其实并没有权力回答她有关病人病情的问题。

　　"拔管时间我们不能给你保证，他现在还很危重，短时间肯定是不能转出去的。我们在尽全力治疗，他的病不是一两天的事情。"王医生过来回复她。看到医生的表情严肃，杨霖的妻子扭过头去。

　　我小心翼翼地提醒她："家属，叔叔的纸巾和护理垫用完了，明天探视的时候带点来哈。"

　　我的提醒好像是有点不合时宜，但如果这个时候不说，她走了就没机会了。

　　"又用完了，用得这么快，他躺在床上一天，哪里用得到这么多纸？你们是不是把他的给别人用了哦！"她瞪着眼睛望着我。

　　这是意料之中的回复，我也没好气地回她："我们每个病人家属都会买，不会用你家的。"

"你们啥子医院哦，住个院，天天让买这个买那个，好像这些东西不要钱一样。"

我没回她，转过背对着王医生瘪了瘪嘴，走到另一张病床边。王医生过去跟她讲了几句，她还是板着一张脸，但火气明显没有之前那么大了。没有病人和家属会傻到得罪医生，而护士就常常被拿来撒气。

上主班的护士黎姐拿了几张费用清单过来，递到她面前："杨霖的家属，这是他昨天一整天的费用情况，你们账上只有几十块钱了，麻烦去缴下费。"

拿着费用清单，杨霖的妻子刚平息一点的怒火又被点燃了："缴好多嘛，一天哪里来的这么多钱缴哦，你们像是抢钱的样！"

黎姐是老护士，对这种家属，她从来都不客气："先缴5000嘛，他的费用一项一项都是清楚写在这里的，你有疑问可以来问我，说这种话就没意思了。"

杨霖的妻子看了看黎姐，又看了看清单，压低了声音对杨霖说："住一天这么贵，哪里有这么多钱哦！钱倒是要得多，效果也没看到，你要快点好起来，我们早点出院，在这里哪个受得了哦……"说到后面，她的声音有点哽咽了。杨霖睁开眼睛盯着她，摇了摇头。

我和黎姐都非常吃惊。在ICU，一般家属无论家里有没有条件，基本都会跟病人说"钱不是问题"，以此来减轻他们的心理负担。这个时候在病人面前哭哭啼啼，强调没钱，只会让病人觉得自己躺在ICU就是个大累赘。没有人会愿意成为家里的累赘。

　　之后的一段时间我上班都刚好分管到杨霖。他的气管插管换成了气管切开，呼吸机还是没有脱掉，生命体征稍平稳了一些，能很好地用小黄鸭和写字板和我们交流了。

　　嘴巴里少了气管插管，杨霖整个人看起来精神了很多。他渐渐地配合我们了，手上的约束带也取掉了。只是每次给他输液或者治疗的时候，他都会问我："这个要多少钱？"我不想增加他的心理负担，每次都找借口搪塞过去。

　　杨霖是好相处的人，可他妻子每次来还是会"挑刺"。她说我们："胡子没给他刮干净""被子没盖好""纸巾用得太快"……因为他妻子，主任要求我们对杨霖特别关注。但除此之外，我对他要更关注一些，可能是因为杨霖的年纪——看到他，我总会不自觉地想到我爸爸。

　　刚开始，他一按小黄鸭我就递给他写字板。看他在上面歪歪扭扭地写："胸口闷痛""水""呼吸不过来了"等等。在很多次尝试以后，我开始能凭他的一些小动作来理解他的意思。

　　他指一下胸口，我就知道他胸口痛，然后去查看他胸腔里的管道是否通畅；他指一下嘴巴，我就知道他要喝水；他指一下气管切口管道，我就知道他要吸痰。后来，就连他妻子来的时候，都是我夹在中间当传声筒。

　　"叔叔的意思是他肚子胀，不想吃东西。"

　　"叔叔问女儿怎么没来。"

　　"叔叔说他胸口闷，喘气很累。"

　　我和杨霖慢慢熟络，我发现这个40多岁的男人非常没有安全感。他晚上基本不睡觉，也不让我们关灯，一旦睡着，身体会无意识地蜷缩在一起，如果护士消失在他的视线范围内，他会一直用小黄鸭呼叫，直到我们出现。

他也没什么大事，但每次帮他做完这些事，他都会在写字板上一笔一画地写"谢谢"。为了节省时间，我每次看到他写出"讠"的时候，就跟他讲："不用谢不用谢，不用写了，我知道了。"可杨霖还是要坚持把"谢谢"写完，然后指指写字板，又指指我，再露出一个大大的微笑。

杨霖越来越配合我们，可他妻子的耐心不够了。她找王医生谈话，被我无意中听到了。

"还有没有希望康复啊？我们真的已经支持不下去了。"他妻子带着哭腔说。

"这不是一两天能解决的事情，他现在感染得比较严重，胸腔里面都是脓液，我们已经在调整抗生素了。"

"这什么时候才是个头啊，你们这里真的太贵了，我们没有这么多钱啊。"杨霖的妻子吸了吸鼻子。

王医生也很无奈："能理解你们，但确实没得办法，没有费用的话，我们也拿不到药给他用啊。"

"如果出院的话，他是不是肯定没希望了？"女人完全哭了出来。

"他现在连呼吸机都脱不了，出院的话风险肯定很大了。"王医生避开了"死"这个字。

听到这里，我心里咯噔一下，完了，家属可能要放弃了。在ICU，这种看不到头、需要高昂费用的治疗，很多家属会治疗一段时间后选择放弃，避免家里人财两空。我有点不甘心，又有点难过，因为杨霖很想活。

现在，他自己盯着监护仪，一发现有异常值，不舒服，就马上呼叫我们，一分钟都不能多等的样子。他还经常问我外面的天气，表示"想争取回家过年"。可现在，他妻子好像撑不下去了。我再回去看躺在床上的杨霖，就愈发觉得可怜。这个人自己都不知道，生命会在哪一天终止。

某一天的探视，杨霖的妻子依旧对他絮絮叨叨，我在旁边没再吱声。突然，杨霖的心率上升到每分钟150多次，开始满头大汗，喘粗气，胸腔闭式引流瓶里的气泡也没有了。他妻子顿时慌了神，结结巴巴地喊："快点，快点，医生快来看一下，杨霖啊，你啷个了嘛！"我连忙拉好床帘，把她邀到门口："家属配合一下，我们马上处理。"

普外科的主任刚好在，他一边检查一边对我们说："胸腔引流管又堵了，气出不来了，准备胸腔穿刺包吧，换根管子。"

我和同事一边重复着医生下达的医嘱，一边快速冲到治疗室准备用物。医生们缓缓拔出那根胸引管的时候，杨霖"嘶"了一声，咬着牙喘气。

"这老是换管子也不是个办法，要找到他胸腔里面这么多脓性的液体是哪里来的，整干净才行。"

"杨霖，我们要给你重新安个管子，给你把这些脓液都引出来。会有点痛，你忍一忍哈。"王医生一边跟他解释，一边示意我开始用麻醉剂。杨霖点点头，用手捏了捏小黄鸭。

　　上了镇静剂，他很快就睡着了。医生们开始用负压吸引胸腔里面的液体。可能实在是太痛了，杨霖开始皱起了眉，额头上的汗涌出来，小黄鸭被他的手捏变了形，也不松开。我赶忙按住他的手："杨霖，你要坚持哈，有点痛，马上就好了。"说完我给他擦了汗，又按医嘱给他加了麻醉剂。

　　主任们想了一个又一个办法，前前后后差不多弄了一个多小时，终于把积液引得差不多，又成功地把胸引管安上了。我在一边整理用过的器械，一边想：这一操作估计又得不少钱，他妻子可能真的要放弃了。

　　第二天，到了探视时间。杨霖的妻子、女儿、女婿都来了，还抱了个小女孩。在我们反复强调小朋友最好不要进入ICU之后，他们破天荒地没有纠缠。

　　杨霖的女儿抱着小朋友在窗户外面不断冲杨霖招手："外公外公，你好吗？我们来看你啦！"小朋友看起来三四岁的样子，梳着两条马尾辫，圆圆的脸上透着好奇。我走到窗边逗她："小朋友，给外公说加油哦！"小女孩瞪大眼睛看我，怯怯地把头埋进了她妈妈的颈窝里。杨霖就坐在病房的床上，看着他的外孙女，眼里止不住地笑。

　　一家子都来齐了，我觉得他们今天肯定是来摊牌的。就在这时候，护士黎姐走过去，把费用清单交给家属。我心想，完了，昨天用了那么多钱，她估计更受不了了。

　　没想到，杨霖的妻子接过费用清单不仅没有发毛，还给我们点了点头，说了声"谢谢"。我和黎姐对视了一眼——这是她第一次跟我们道谢。

　　杨霖的妻子一边给杨霖按摩手脚，一边说："这些医生、护士也不容易，昨天你楞个恼火，我看到都害怕，他们处理及时，你今天就好多了。你也要对他们态度好点哈，都不容易，生了病也没得法，要配合他们。"杨霖点点头，他随后在写字板上写了什么，我也没看见。只听到他妻子说："是是是，我晓得，这些你不担心。娃儿们都好，你顾好你个人。"

　　"钱你也不用担心，我们有钱。你放轻松，医生说你现在慢慢地好转，莫担心钱。"

　　"争取今年回家过年哈，我们都等你回家。"

　　探视时间到了，杨霖的妻子离开去找王医生谈话。我抑制不住好奇心，也跟在医生身后。她眼睛红红的，像下定了很大的决心："医生，我们想了哈，不管怎么样都不放弃。昨天看到他这个样子，我就觉得要是他走了，我们这个家也就垮了。"

　　"钱我会去想办法，实在不行，就是把房子卖了也要医，希望你们多帮帮忙，想想办法让他早点好起来。"

　　我悬着的一颗心突然就落了下来，他们再谈些什么我也没有再听。我一路小跑跑到杨霖的床前，正准备跟他闲聊几句，突然发现他红着眼圈，拿着纸巾在眼睛上擦来擦去。我心里一阵酸涩，小心地问他："叔叔，你怎么了？"他对我摆摆手，摇了摇头，把眼睛闭上了。

　　我突然反应过来，刚才在病房里，他也是第一次听到妻子对他说莫担心钱，不论怎样都要医。

ICU的病人，来来去去。每个人都按着手中的小黄鸭，有的声音急促，有的戛然而止。有人想活，就有人想死。

那天，护士张姐特别交代我要"看好"6床的李得林。他是出了名的不配合，可他的家属跟医院领导打了招呼："尽量不让他乱动——拔管子。"

我坐在床旁的桌上翻看李得林的病历：69岁，慢性阻塞性肺疾病，呼吸衰竭，病史有十多年了。他有三个儿子，老伴已经走了。还没看完，就听到呼吸机开始"嘀嘀嘀"报警，抬头一看，他又开始烦躁了。

李得林的气管插着管，不能说话，双手双脚都被约束在床栏上。他使劲地蹬腿，想用力挣脱约束带，头不停地左右摆动，把嘴巴上的管子弄得一甩一甩的。当时的我还没见过这种场面，顿时慌了。一边按着他的手一边呼叫："张姐，6床的爷爷好烦躁，我快按不住了！"

张姐急匆匆地跑过来，把他的手脚又重新套紧了一遍，顺便把镇静剂调高了一点。我还在惊吓中没缓过来，李爷爷又扑腾了几下，慢慢没了动静。

第二天探视的时候，李爷爷家来了好多人，全部围在窗户外。先进来的是他的小儿子，一进来就拉着他的手："爸，你今天怎么样？你放心，我们一定不得放弃！"

他还客气地对我说："妹儿，辛苦你照顾了哈。"小儿子戴个眼镜，斯斯文文的。

"没有没有，应该的。"我不好意思地回答。

他这一喊，李爷爷突然就激动了，又开始胡乱地蹬腿摇头。

他小儿子也慌了，急忙提高了音量："爸，你嘟个啦！你要听话！不要乱动，医生说了你越动对你的病情越不好！"

李爷爷好像失去了理智，他不停地用还留有一点活动空间的脚，用力地砸床板。张姐和刘医生连忙赶来，增加了镇静剂，李爷爷这才慢慢地安静下来。

"你莫刺激他了，他现在需要休息。"医生对他的小儿子说。

"唉，我爸这个人倔得很！根本就不得听我们的。"他小儿子叹了口气。李爷爷的大儿子匆匆跑进来："医生，我们想我爸能多活几年，我妈走得早，不想我爸也……"

医生点点头："我们会尽力的。"

等到探视结束，我凑到资深护士张姐跟前，悄悄地问："张姐，这个爷爷的娃儿还挺孝顺哈。"

"他们是孝顺，可是大爷好痛苦哟！身上插这么多管子，你看哈，他的手脚都肿了，屁股也睡烂了，好造孽哦。"张姐耸耸肩说。

据说，李爷爷原来是个老师，平常出门都会穿皮鞋打领带，是个特别爱干净的讲究人。但是现在，他被困在病床上，就连大小便都不能自理。护工叔叔拿着纸巾清理时，他小声嘟囔着："好臭哦！"

"哎哟，他屁股这里破了嘛，还在出血，嘟个整哦。"护工叔叔停下手中的动作。

"唉，又破了，他一拉大便就容易破。"张姐叹了口气。

张姐先用生理盐水把李爷爷破溃的皮肤冲洗干净，然后用碘伏消毒。她用棉签洗的时候必须用力，才能把伤口里沾染的污物清干净。张姐每擦一下，李爷爷的身体就不自觉地躲一下。我连忙安慰他："爷爷，有点痛哈，你忍一忍，马上就好了。"

我低头一看，李爷爷闭着眼睛，鼻翼上还挂着一滴水，顺着看下去，枕头已经浸湿了一小片。直到我们收拾干净把他放平，我才发现他的脸上挂满了泪痕。我想，他的眼泪，或许不只是因为疼。

我曾经仔细地观察过李得林。他的手脚上遍布针眼，泛着青紫，因为循环不好已经肿大。因为气管插管，嘴里也散发着味道。身上插着胃管和尿管，不能自己进食和排尿。他瘦骨嶙峋，还被死死地套在床上，就像一只待宰的老山羊。一阵难过涌上心头，我轻轻地拍着他的肩："爷爷，能听到我讲话吗？"

他缓缓睁开了眼，很奇怪，这次他竟然没有乱动。我握着他的手，轻轻地说："爷爷，你的手是不是被绑痛了啊，我给你取了让你透透气，但是你不要乱动哈。"他偏过头来看着我，认真地点了点头。

我解开了绑着他右手的约束带，但是还是不放心，把约束带攥在了手中。他没有乱动，而是乖乖地把手搁在肚子上。我见他很配合，趁热打铁安慰他："爷爷，你不要乱动嘛，你配合我们才能好得快啊。"

他摇了摇头，指着嘴巴，又不停地用手比画着。我连忙拿出写字板，问他是不是有什么话想说。

他拿着笔，一笔一画地写：回家。

"等你好了，就可以出院了。"

他快速地摇摇头，又写：不治了，回去。

"不治了怎么行呢？"

想死，不活了，死，回家死。他每写一个字，就要停好几秒。

我连忙收起写字板："爷爷，不要胡思乱想，好好配合我们，你能活到100岁呢。"

他摇摇头，闭上了眼睛。我拍了拍他的手，捏了两下小黄鸭塞进他手里。

除了李爷爷自己，所有人都在鼓励他："要活下去！"一次探视的时候，李爷爷的小儿子在床边给他加油打气，他一如既往地烦躁，他小儿子见状，垂头丧气的。我跟他说，自己曾和李爷爷安静地沟通过几分钟。

"哦！他还写了字啊，写的啥子？"小儿子很诧异。

"爷爷说他想回去。"我没有把李爷爷写的话全说出来。

"唉，老人念家，等他好了我们就带他回去。"小儿子摇摇头，其实他也知道，老人好起来的机会很渺茫。

经过上一次安静的沟通，只要我上班听到他小黄鸭的召唤，就会把李爷爷的手解开，让他写字。只是每次到了最后，他都会写"想死"，我只有一次又一次地劝他。

大概是知道跟我说没用，在一次家属探视的时候，李爷爷没有对小儿子加油打气的话反应激烈，而是示意我拿出写字板。小儿子激动地搓了搓他爸的手，想看他要写什么。只见李爷爷一笔一画地写：回家。

"爸，等你治好了我们肯定带你回家。"小儿子笑着摸了摸他的脸。

现在回去，不治了。李爷爷写着，因为没有力气，他的字有些变形，不太好认。

他的小儿子看着我："妹儿你帮我看看，这写的啥子啊？"

我对这些字，已经熟得不能再熟悉了。我小声地说："爷爷写的是，现在回去，不治了。"

我还没说完，李爷爷又在空白的角落写：想死，我。

小儿子脸上的笑容逐渐消失了，他对李爷爷说："爸，不要楞个想，你走了我们哪个办嘛。"

李爷爷不为所动，他继续写：求求你们，生不如死。

李爷爷写的是"你们"，我抬起头，看向ICU的玻璃窗，写字板正对着的方向。此时，窗外站着他家好几个家属，所有人都看着李爷爷和小儿子，没人说话。

"爸，你要想想我们，妈走得早，你要是走了，婷婷连爷爷也没得了。又不是治不好，医生说了，有希望。只是时间问题，我们都不得放弃，你哪个要放弃嘛。"小儿子说。

李爷爷又开始激动了，他指着写字板，指着那个"死"字。

我连忙拿开写字板，劝他："爷爷，你过几天就好了出院了，不要这么消极嘛。你看你娃儿又孝顺。"

他不停地摇头，抬起手就要去扯嘴巴里的管子。我赶忙拉住了他，李爷爷又开始在床上乱抓乱踢。

"爸爸，你这是何必嘛。"小儿子哽咽了。

没办法。病人就算再痛苦，再想死，他的家属和委托人不放弃，我们只能用镇静剂把他镇住，用约束带把他套得更紧。接下来的几天，李爷爷的病情没什么好转，手脚肿得更大了。

一天，我见他很配合，又好像没什么力气，于是把他的约束带稍微套松了一点。我配好药正准备拿出来，就听到病房里呼吸机的报警声——李爷爷把气管插管拔了。我拿着配好的药愣在治疗室门口。医生急匆匆地从我身边跑过，另外几个护士也赶过去帮忙。

我站在外面，看到李爷爷的约束带还套在床栏上，只是他的手里拿着自己的气管插管。他的胸廓一阵阵地起伏，张大嘴巴，剧烈地喘息。在场的护士们迅速地推药，捏简易呼吸器，刘医生也用最快的速度插好了气管插管。接上呼吸机，李爷爷又能活下来了。

"一定约束好，还好他插管比较顺利，不然的话……"医生对我们交代着。

我还愣在那里，想着我只是把他套松了一点点，他是怎么把管子拔掉的。

"对这种病人一定不要仁慈，你对他们仁慈，就是对你自己的残忍。"张姐语重心长地警告我，"你看着他很配合，其实他想方设法地拔管子，下次不要随便松约束带。"

我木讷地点点头。

第二天，医生就跟李爷爷的家属沟通了他拔管的事情。或许是觉得这个举动太吓人，李爷爷的小儿子开始有点动摇了："医生，我爸康复出院是不是真的不可能啊？"

"他的肺功能太差，目前感染也很严重。老年人要想痊愈，肯定是很困难。"

"唉，看着我爸好造孽，可是他现在还是清醒的，就把他接回家等死，我们哪里还配说孝顺哦。"大儿子说。

"这个事情真的不好说，有些老年人觉得回家是落叶归根。其实有时候尊重病人个人的意愿，也是一种孝顺，只是看你们自己怎么想了。"医生说，"反正你们不放弃，我们会尽全力。"

"唉，说起来容易，我们都开不了那个口。等我们几兄弟再商量商量吧。"小儿子摇了摇头，叹了口气。

那天之后，李爷爷再也没用小黄鸭呼唤我了。

过了一段时间，李爷爷的儿子们又来了。小儿子最先发话："医生，我们几兄弟商量了一下，觉得还是尊重我爸的意愿。"

"对，看他整个人已经完全瘦得不成样子了，身上还青一块紫一块的，看着好造孽嘛。"大儿子接话。

"你们商量好了就行，尊重你们的决定，准备好就接回去。"医生点了点头。

"我们把家里头布置好了来，大概等个三四天。"

"要得，你们去跟老爷子说声吧。"

他们一起进了ICU病房，走到李爷爷床前。大儿子先看了看监护仪，又看了看挂在输液架上的液体，最后把目光落在了父亲的脸上。他摸了摸李爷爷的头，俯下身子轻声说："爸爸，你是不是想回去啊？"

李爷爷往右偏了偏头，慢慢睁开眼睛，看着他的三个儿子，用力地点了点头。

"老汉，我们把屋里头收拾好就接你回去，再等两天，等婷婷她们放假回来，我们就一起接你回去要得不？"小儿子压着声音，给父亲掖了掖被角。

老爷爷再次用力地点头，他看着我，动了动手。我赶紧拿出写字板，松开了他右手的约束带。

"女"，他写了个女字就没力了，右手不停地抖，隔了几秒，他又写了个歪歪扭扭的"子"靠在旁边。

"爷爷说好。"我赶忙翻译。

接下来的两天，李爷爷的精神开始变差，如果不去喊他，他基本上就是睡觉。他变得非常配合治疗，不用约束带也不会乱扯管子。偶尔我们给他做完治疗，他还会给我们竖个大拇指。

一方面，我为他的配合感到开心，另一方面又想到，过两天他就要出院了，心里就觉得非常难过。

到了第三天，李爷爷家里来了十多个人，都是来接他回家的。

我们提前给李爷爷洗了头发和身子，修剪了一圈指甲，把胡子也刮得干干净净的。还特地给他换了一床新被单。

他的儿子们来到病床前，拿出一套干净的灰色睡衣。大家一起小心翼翼地给他把睡衣换上，我摸到睡衣的左侧口袋里有一团鼓鼓的东西。

"欸，爷爷的衣服里面有东西。"我一边说，一边拿出来，是个红色的三角福袋。小儿子连忙从我手里把福袋接过去，小声地说："这是到庙里给我老汉求的，保佑他长命百岁。"说完，把福袋又放进了睡衣口袋里。

遵照病人和家属的意思，我们把李爷爷身上所有的管道依次都拔掉了。他闭着眼睛躺着，尽管拔管拔针有些难受，但他一声没吭。离开了呼吸机，我不知道他还能坚持多久。

他太瘦了，护工叔叔一个人就把他抱上了转运的担架。家属们簇拥着李爷爷，慢慢进了电梯。我们笑着跟他说拜拜，没有说再见。李爷爷躺在担架上，努力地睁开眼睛。他扬了扬嘴角，给我们竖了个大拇指。电梯门，缓缓地闭合了。

我回过头，看到那个系着线的小黄鸭倒在凌乱的病床边上。

后来，我在ICU还是会碰到一些因为受不了病痛折磨而一心求死的病人。除了尊重和理解，我没有更多能为他们做的。我总会想到李爷爷拔掉气管插管时的那放松表情，也会想到杨霖听妻子说"一定会医你"之后留下的眼泪。

有时我会想，如果躺在病床上的那个人是我爱的人，我会舍得放弃吗？如果躺在病床上的人是我，面对疾病的折磨、死亡的恐惧，我会坚持吗？而我的家人，签了一份委托书，他们又会怎么选择？

我看过一个纪录片，主人公患上了运动神经元病，自愿选择安乐死，他母亲有一句话让我印象深刻："很多人说他很勇敢，确实是。但是我们不要忘了，那些拼命坚持到最后一刻的人，他们同样很勇敢。"

天才捕手计划
STORYHUNTING

故事编辑

火柴姐

扫地僧

老腰花儿

小旋风

渣渣盔

大体格子

插画

超人爸爸

大五花

小荏子

宋老K

崔大妞

老万

辣条

图书在版编目（CIP）数据

白色记事簿 / 陈拙主编 . -- 长沙：湖南文艺出版社，2020.7（2020.12 重印）

ISBN 978-7-5404-9629-6

Ⅰ. ①白… Ⅱ. ①陈… Ⅲ. ①纪实文学—中国—当代 Ⅳ. ①I25

中国版本图书馆 CIP 数据核字（2020）第 065464 号

上架建议：畅销·纪实文学

BAISE JISHIBU

白色记事簿

作　　者：	陈　拙	
出 版 人：	曾赛丰	
责任编辑：	刘雪琳	
出 品 方：	魔宙文化	
出版统筹：	影子姐	
监　　制：	刘　毅	
策划编辑：	刘　毅	
特约编辑：	刘　盼　柳泓宇　茶煲姐	
营销编辑：	刘晓晨　刘　迪　段海洋	
版式设计：	李　洁	
封面设计：	张大嗨	
排　　版：	麦莫瑞文化公司	
出　　版：	湖南文艺出版社	
	（长沙市雨花区东二环一段 508 号　邮编：410014）	
网　　址：	www.hnwy.net	
印　　刷：	旺源文化发展（天津）有限公司	
经　　销：	新华书店	
开　　本：	880mm×1230mm　1/32	
字　　数：	150 千字	
印　　张：	8.5	
版　　次：	2020 年 7 月第 1 版	
印　　次：	2020 年 12 月第 2 次印刷	
书　　号：	ISBN 978-7-5404-9629-6	
定　　价：	48.00 元	

若有质量问题，请致电质量监督电话：010-59096394

团购电话：010-59320018